便携式文学简史

〔西〕恩里克·比拉-马塔斯 —— 著
施杰 李雪菲 —— 译

人民文学出版社

著作权合同登记号　图字 01-2017-5627

EnriqueVila-Matas
HISTORIA ABREVIADA DE LA LITERATURA PORTÁTIL

Copyright © 1985 by EnriqueVila-Matas
Published in agreement with MB Agencia Literaria SL,
through The Grayhawk Agency.
Simplified Chinese edition copyright ©
2018 Shanghai 99 Culture Consulting Co., Ltd
All rights reserved.

图书在版编目(CIP)数据

便携式文学简史 /（西）恩里克·比拉-马塔斯著；施杰，李雪菲译.
—北京：人民文学出版社，2017
ISBN 978-7-02-013471-7

Ⅰ.①便… Ⅱ.①恩… ②施… ③李… Ⅲ.①长篇小说-西班牙-现代 Ⅳ.①I551.45

中国版本图书馆 CIP 数据核字(2017)第 255182 号

| 责任编辑 | 朱卫净　邰莉莉 |
| 装帧设计 | 高静芳 |

出版发行	人民文学出版社
社　　址	北京市朝内大街 166 号
邮　　编	100705
网　　址	http://www.rw-cn.com
印　　制	上海盛通时代印刷有限公司
经　　销	全国新华书店等
字　　数	60 千字
开　　本	787 毫米×1092 毫米　1/32
印　　张	5.125
版　　次	2018 年 9 月北京第 1 版
印　　次	2018 年 9 月第 1 次印刷
书　　号	978-7-02-013471-7
定　　价	39.00 元

如有印装质量问题，请与本社图书销售中心调换。电话：010 - 65233595

致保拉

"……到不可知之底去找寻新奇"

无限，亲爱的，其实微不足道；
这是个写作的问题。宇宙
仅存在于纸上。

   保罗·瓦莱里,《泰斯特先生》

目 录

001	序
001	黑暗与魔法
013	酒店轻生
027	齐聚维也纳
047	奥德拉代克的迷宫
060	布拉格新印象
073	克劳利的明信片
084	成天窝在躺椅里
097	动物园火车站
110	蛮横艺术
118	项狄描绘其生命的地图

序

一九二四年残冬,在尼采悟得永恒轮回的那块巨石上,俄罗斯作家安德烈·别雷因体验超意识岩浆不可扼制的升腾而精神崩溃。同一天同一时刻,于此不远,音乐家埃德加·瓦雷兹在戏仿阿波利奈尔预备随军出征时猝然坠马。

在我看来,这两个场景便是支撑起便携式文学史的基柱。一部初生的欧洲史,轻便得如同保罗·莫朗乘坐豪华列车穿行在灯火辉煌的夜晚之欧洲时携带的书柜-旅行箱:马塞尔·杜尚正是从这个移动书柜中得到灵感,创造了他"手提箱里的盒子"——艺术领域对"便携"一词无疑最天才的赞颂。这些箱中之盒装载着杜尚所有作品微缩版的复制件,不久即成了便携式文学的回文、元老项狄①们自我认知的标志。

数月后,经过细微修改(手提箱里的盒子被安上了一把发梳作为按扣)的杜尚回文被雅克·瑞冈特拿来表征——用他自己的话说——"文学史中的轻便崇拜"。此人或因其昭然异端的性格受到激赞,同时掀起了一轮对杜尚回文更新也更放肆的雪崩式的亵渎——足证项狄秘社最初的成员对离经叛道的恒常热爱。

那段日子,在元老项狄们中存在一种普遍的恐惧,生怕手提箱盒会被任意鸡鸣狗盗之徒盗走,因此瓦尔特·本雅明成功设计出了一种称书机,这种我们如今仍在使用的以其姓氏命名的机器能对无法装载的书籍作出绝对精准的

---

① "项狄"一词在约克郡部分地区(《项狄传》作者劳伦斯·斯特恩在此度过了大半生)的方言中意为:强颜欢笑、反复无常、神经错乱。——作者原注

判断，那些无法装载的书籍即便经历层层伪装亦难逃脱"不便携带"的评定。

并非偶然的是，称书机的发明者本雅明，究其文字的独创性，大半缘于他微观的视野以及对透视理论的不懈统御。"最吸引他的是那些微小的事物。"其密友格尔斯霍姆·肖勒姆这样写道。瓦尔特·本雅明喜欢旧玩具、邮票、明信片，以及装在玻璃球里、摇一摇便下起雪的仿真冬景。

本雅明的字体也近乎微型，他毕生未能实现的野心是将一百行文字塞进一张纸里。肖勒姆说，他初次去巴黎访问本雅明时，后者把他拖到克吕尼博物馆，只为了让他看一看犹太仪礼器具物品展中的两颗谷粒：一位同道中人在上面刻下了完整版的"以色列啊，你要听"。

瓦尔特·本雅明亦可谓杜尚同道。两人都居无定所，永远在路上，同是艺术界的流亡者，也是身背物什——亦即身背激情——的收藏家。

两人都熟知，迷你化就是制造便携：这才是流浪汉与漂泊者拥有物件的理想方式。

但迷你化也是隐藏。譬如杜尚，他一直被极小所吸引，即那些须经解译的东西：纹章、手书、回文。对他来说，迷你化也意味着产出无用："微缩的产物从某种程度上被免除了含义。它的小既是整体也是片段。对小的热爱是孩童的热爱。"

孩童如卡夫卡的目光。众人皆知他为进入父权社会所挑起的死斗，但他只能接受在继续充当无责任的幼童的前提下达成他的目的。

无责任的幼童，这是便携式作家举手投足的一贯标准。从第一刻起他们便规定了加入项狄秘社的基本要求：保持单身，至少得有相称的表现，也就是说，要像马塞尔·杜尚理解的光棍机器一般运行。是时他刚得知——正是从埃德加·瓦雷兹那里——安德烈·别雷精神崩溃："那一瞬，也不知为什么，我不再聆听瓦雷兹的话，而是想到，人不该给生命太多负载、太多事去做，所谓女人、小孩、乡村小屋、汽车，等等。我庆幸自己醒悟得早，让我轻松做了那么久的单身汉，不用面对生活中那些再普通不过的苦难。归根结底，这才是最主要的。"

杜尚恰恰就在瓦雷兹谈及别雷在永恒轮回的巨石上精神崩溃的那一刻醒悟，此事着实令人称怪。人们不免自问，别雷的精神问题与杜尚如无责任的孩童般做着白日梦的力保独身的决定有何干系。问题太难，实际上没法知道答案。最可能的是它们之间不存在一点儿联系，只是杜尚，在没有任何记忆或联想能够当即做出解释的情况下，陡然看见一个独身汉出现在眼前，他无依无凭、无法交往、痴狂谵妄，全然一名便携式艺术家，或换句话说，一个可以被泰然带往任何地方的人的形象。

总之说到底，唯一清楚的就是，瓦雷兹的坠马、别雷的崩溃，以及一名无依无凭、无法交往、痴狂谵妄的独身艺术家在杜尚视象中的意外显现,即是奠定项狄秘社基础的支柱。

除了必须具有较高程度的疯癫之外,他们还拟定了秘社成员的另两项基本要求:首先,其作品不得沉重,应轻易就能置于手提箱中;另一个要求则是,要如光棍机器一般运转。

尽管并非必须,同样推荐秘社成员拥有一些被认为是典型的项狄特征:创新精神,极端性观念,胸无大志,漂泊不倦,难以与双重自我共处,关心黑人地位,致力于蛮横艺术。

蛮横中包蕴着能击溃旧有机制的超人的行动力与骄傲的自主性,在强大却缓慢的敌人面前以快速制胜。项狄们自此便把"将便携式密谋推演为对以疾雷迅光之势出现并消失的事物的无上礼赞"视作最高追求。因此,以"为合谋而合谋"为首要特征的项狄密谋只存在了很短一段时间。瓦雷兹坠马与别雷崩溃不过三年后，一九二七年，在塞维利亚的贡戈拉纪念日上，撒旦主义者阿莱斯特·克劳利以戏谑的表情解散了这个便携式结社。

克劳利放飞项狄雄鹰的几年之后，而今的我宣告，便携式结社的生命远远超过其创立者的想象，它联结着这个在艺术史上前所未有的秘密社团的所有成员。

下面的书页里讲述的便是那些冒着生命——至少也是神经错乱——的风险也要实现他们的作品的人；犄角、斗牛的威胁，它们总以这样或那样的方式出现在那些作品中。我们会认识他们；正因他们，如今吾辈才能空前轻易地揭去那些家伙的假面，正如赫尔曼·布洛赫所述："不是说他们是坏作家，他们是罪犯。"

我们会认识造就了这本关于史上最快乐、最反复无常、最神经错乱的神秘结社——它已烟消云散——的小说的人：消费了无数烟草与咖啡的迷醉作家,在生活的战争中一败涂地的无依无凭、谵妄的英雄,书写的热爱者——当书写成为了他们最有趣同时也是最不容调和的经历。

黑暗与魔法

　　同马塞尔·杜尚的一次浅谈,尤其是弗朗西斯·毕卡比亚至今不为人知的那本《寡妇与军人》,让我获知了一个最珍贵的信息,那就是项狄秘社在阿提夫港成立之际有两位致命女郎加入这一决定性事件。①

　　毕卡比亚称,一九二四年晚冬,在苏黎世

---

① 致命女郎,是的。每部光棍机器都会在其复杂的结构中引入这个或那个妖妇,这从第一刻起就再清楚不过。只有这样它才能以虚假的高效持续运行,不惧任何故障,尽管自相矛盾的是,故障才是这些零生产力(简直值得赞美)的机器的最终归宿。——作者原注

镜子街一号亦即伏尔泰酒馆对面——那段日子达达主义者正在这里举行他们从文化界消失五周年纪念活动——有个用木瓜枝条搭建的短笛形露台；月圆之夜，一席风衣，里面有个躁动的西班牙美女，她有着骇人名字：贝尔塔·博卡多①；她悄然谛视着过气的达达主义者持续的奔忙劳碌——顺便一提，这些人对西班牙女郎的窥探浑然未觉。

是夜，贝尔塔·博卡多如一台光圈全开的相机：静默，专注，若有所思。她刚收到旧情人弗朗西斯·毕卡比亚的来信，在述说心事之余，也请她设法与一位名为安德烈·别雷的俄国作家结交，看看此人除了在永载史册的巨石上精神崩溃外，是否还拥有些许智慧与幽默感："无论马塞尔（杜尚）还是我，"信的末尾说，

---

① 西班牙语 Bocado，有"毒药"之意。——以下如未标明，均为译者注。

"都很想知道别雷是不是我们的一分子。资料显示,他与你住在同一条街,傍晚常会去和特里斯唐·查拉下象棋。他看上去像台光棍机器。在他最好的小说《彼得堡》中,主角是密谋者,也是独身,他在灵光乍现的一刻吞下一颗炸弹,感受它在腹中欢快的嘀嗒作响。这别雷很可能是个高质量的疯子,我们希望你去认识他,而后告诉我们他是否与那主人公有相似之处。我们静候佳音。"

不知是因为致命女郎的身份还是她平时就这么迷糊,贝尔塔·博卡多把别雷与另一名俄国公民搞混了。后者也居住在镜子街,且常与查拉、阿尔普、施维特斯等一干人下棋,但每到夜晚他总是躲在家里,不想与老达达们有任何瓜葛。他叫弗拉基米尔·伊里奇·乌里扬诺夫,正在一个名叫克鲁普斯卡娅的人的陪伴下在苏黎世停留,等待祖国革命的爆发。

几日后,贝尔塔·博卡多将她完全错误的

调查结果寄给毕卡比亚,制造了这个为便携式秘社的奠基做出杰出贡献的误会:"这俄国人的确可疑,大晴天上街都穿着雨鞋,带着雨伞,裹着冬天的棉衣。他的伞装在伞套里,怀表套在灰羚羊皮匣里,削笔刀套在盒里,连那张脸也像是套起来的一样,因为他总是竖着衣领。他戴深色墨镜,穿羊毛衬衫,用棉花塞着耳朵,一上车就叫司机收起车篷。一言以蔽之,这人总想找个类似套子的东西将外人的眼光隔开。我猜他把自己的思想都藏进了套子里……""我试着勾引他,最成功的那次他让我上楼了,但一进家门他就举止怪异:也不看我,只关心他那几个文件夹,紧张得都要抽搐了,把它们搬到这儿搬到那儿;有些夹子被他换了好几个地方,还有些他干脆藏了起来。我估计是他小说的手稿。说估计是因为他一遍遍地告诉我他不是写小说的,讲这话时还特别惊恐,可以说是吓坏了,还强调自己从没写过吞炸弹的阴谋家这类东西。显然，他想让我赶紧走，可这样的话，你也懂的，我当时就火了。我骂他没教养，没想到他神神秘秘地回答，他不是没教养，只是喜欢把便携的东西挪来挪去……"

毕卡比亚读完信，只觉得在这俄国人的奇异行为背后隐藏着他必须解读的关键信息。他日思夜想疯狂移动文件夹有何意义，直到杜尚——他尚不知晓博卡多来信的内容——向他谈起自己的一个梦，无意间抖出了那条他苦苦追寻的决定性线索。

杜尚说，他梦见四个句子，头三句是由近音词组成的，反映了偶然性——众所周知，这本就是他的专长。所有这些句子，除末尾那句，都将在数年之后被安德烈·布勒东收入他献给黑色幽默的文学选集：

    绞死异乡人

    教堂　流亡

> 罗丝·瑟拉薇与我逃离爱斯基摩人的
> 淤血进入美妙的词语
> 别雷是波塔提夫的元老 ①

末尾第四句,唯一不以近音词构成的句子,在毕卡比亚眼中平添了几分魔法意味。他相信自己在"波塔提夫"(便携)②一词中见到了启示。这个关键词像谜一样把杜尚的梦与别雷的信息联系起来,将他引向波塔提夫——那个位于尼日尔河河口的非洲小镇。

他大费周章,终于让四位朋友——杜尚、费伦茨·绍洛伊、保罗·莫朗和雅克·瑞冈

---

① 法语原文为:
Étrangler l'étranger
Église, exil
Rrose Selavy et moi esquivons les eccymoses del Esquimaux aux mots exquis
C'est Biely le plus vieux du Port Atif
② 波塔提夫,即 Port Atif,与便携"portátil"拼写相近。

特——相信，前往尼日尔是当务之急。于是，一九二四年七月二十七日，他们从马赛登船驶往非洲，怀揣着未来的项狄密谋，尽管尚不知它究竟为何物，但毫不怀疑它将诞生在——这点不言自明——那块比仍处在晦暗阶段的便携精神更加幽暗的大陆的黑暗中。

到了波塔提夫，毕卡比亚称，他们立即感受到了来自陌生世界的诱人恐怖："我们像被运到了一个新的星球；记得抵岸时正值傍晚，乌泱泱的黑人拥到甲板上，从舷窗探出理着短发的脑袋张望，亮出他们美丽的眼睛和被皓齿辉映着的微笑；他们伸出瘠臂，手心如玫瑰色的海贝，向我们讨要钱财……""……接着我们来到美丽的波塔提夫方形大广场，边上满是客栈、商店和酒吧。当发现这儿有个卢浮宫咖啡馆时，马塞尔、费伦茨、保罗和雅克齐声笑了出来。大伙欢坐其中，品鉴着香醇的米克里：哈拉尔咖啡豆覆上厚厚的一层糖。有两个黑人过来，向我们兜售锡兰玛瑙、盐晶石、银戒指、羚羊角、鸵鸟毛与尼日利亚徽章……""可当夜幕降临,对这块神奇土地最初的惶惑已然散去,我们开始恐慌,害怕在这里,什么重要的事都不会发生……"

在卢浮宫咖啡馆傻坐了三天,他们中的任何一个、连此次旅途的发起人毕卡比亚都不甚清楚,他们究竟来这儿干吗。杜尚是最抑郁的,他再三重复,在他看来,迷失于一个非洲港口的五台光棍机器顶多只能搭出一组可笑的尴尬装置。毕卡比亚只得尽量乐观——哪怕知道这是在自欺欺人——时不时于友人的郁愤中识别出浮现在天空或广场门廊或黑人贩卖的可畏人偶上的种种预兆。只有到了第三天晚上,毕卡比亚才确信自己真正见到了那个有意义的信号:那是个独腿黑人,将胫骨当成笛子来演奏,就像雷蒙·鲁塞尔的著作《非洲印象》中的虚构人物勒尔古阿什。

黑暗与魔法。毕卡比亚即刻想到，这实际上可能是个具有高度启示意义的征兆。启示个头啊，杜尚、绍洛伊齐声说道，他们显然有些不耐烦了，对毕卡比亚无端拉扯出各种关联以在混沌中指明航向的做法极其不满。就在那一刻，他们瞧见一位异国美女（身形高挑，麦色肌肤，性感至极）急速穿过广场，消失在小巷中，背后跟着勒尔古阿什与他的骨制乐器。

愣了几秒，毕卡比亚才反应过来，问大伙是否同他一样看到了那个妙人。莫朗说，的确，刚取道广场的是柑橘花喜悦的变形。绍洛伊也插进来，猜度女子的国籍，断言世间有三种性别：男人、女人，以及适才悄然途经广场的法国佳丽。此时瑞冈特猛然站起，浑然不能自制，"甚至在搭识之她前便坠入了情网，当即追随那位美人而去"。

那位女性原来是美国画家、雕塑家乔治亚·欧姬芙，在杜尚好友威廉·卡洛斯·威廉斯的陪同下来到东非海岸旅行。

幸运结交后的晚餐上,她听毕卡比亚讲起光棍机器、伪装与未来的密谋,表现得颇为兴奋。勒尔古阿什用音符标记着晚宴的每句言语,直至那条快乐的胫骨也恭敬地皈依众人的静默——欧姬芙开始行使致命女郎的职能,抛出她关于极端性观念的那套理论:鉴于此概念与光棍机器的运行息息相关,很快成了项狄的特质之一。

深知光棍机器的区别化特征在于性,乔治亚·欧姬芙称,应由一组机械器件和一组生物器件构成,二者的回路中还联结着欢娱与恐惧、迷醉与惩罚、生命与死亡等复杂关系。

"就跟能量和力比多一样,"据毕卡比亚记载,致命女郎当时是这样总结的,一边还在锉着指甲,"爱也应该规避其遗传学即生殖的目的,而是仅仅追求自我满足。总之,要为了快感而交合,别老想着后代什么的,这就是我理解的极端性观念。"

在以文字形式重现了欧姬芙的话语后,毕卡比亚用一段对与会者之间神秘而充满诱惑的缄默、即密谋者协约的描写骤然结束了对波塔提夫成立晚宴的叙述:"如果说直到那时我们还拖曳着过去如同汽笛的纱尾,对未来的阴谋几无所知,乔治亚的一席话倏忽间将我们聚拢在一起,浸入密谋者完美的寂默;是夜不再有话,只因我们觉得,这才是最圆满的发言记录,我们于绝对而迷人的无声中对其余的便携式表征达成一致;所有人闭口不言,知道我们之间实在无需任何声学意义的对话,因为我们已经交谈很久了,只是没有用到一句一词。我们在静寂中对谈,我们的聊天想多有趣就能多有趣;经过组织的有声言语绝对不可能达到这样的效果。"

关于项狄主义的成立密约,除了毕卡比亚书中提供的信息外我全无所闻,但我想,凭借这些可信的资料已经足够得出结论：是一位致命女郎提出的极端性观念的定义催生了整个便携世界，即一个发端于误会和偶然的宇宙。误会源自贝尔塔·博卡多对俄国人的错认，而偶然指的是与乔治亚·欧姬芙的相会，这直接导致了"母性"一词从项狄语汇中被永远放逐。

以上一切仿佛在说，致命女郎的加入成就了秘社的诞生。可我们知道，出生即死亡的开始，致命女郎的加入并不能使项狄们免遭未来不可修复的故障，因为在自知生存与便携的一瞬，他们也拥抱着死神。这也解释了为何"自杀"一词立刻出现在众人视野中，而波塔提夫的共同创始人——那位致命女郎的爱慕者——当即掌管便携式机构之一——自杀总代理处。

酒店轻生

这俨然成了历史常态：无论哪个秘密结社，创立者中总有一个喜欢与他人作对。到项狄这儿，波塔提夫的元老皆是生命的挚爱者，只有瑞冈特从一开始便宣称赞同死亡（"你们都是诗人，而我站在死亡一边"）——确切说是自杀，这个词一直要到瑞冈特——经过两年的摇摆——于巴勒莫一家豪华酒店饮鸩之日才从项狄语言中废止。

他在做此决定前迟疑良久，使他得以作为旁观者目睹了一九二四年的巴黎青年自杀潮。此风潮曾遭到几位波塔提夫的合谋者的严厉抨击:"自绝性命,"绍洛伊写道,"如今只有最愚蠢的年轻人才会这么做,而其中最最愚蠢、或者说至少离我们最近的,就是冲动的瑞冈特;我们必须做点什么来应对极端青年与自杀,现在这两个词像是紧密联系在了一起,和便携式精神格格不入。"而保罗·莫朗则在兰斯一场会议的结束语中这样说——显然在影射他的好友瑞冈特:"这太不正经了,先生们。如果一个人想自杀,那他应该在少年时代早早了结,再晚就有点可笑了,人总不能过了七岁还在那儿羞羞答答的。"

朋友的话对瑞冈特全无触动,打从非洲归来,自杀便成了他心中唯一的圣礼。迈向终极归宿的第一步是在波塔提夫踏出的,他遁入丛莽,没通知任何人,独自消失在巨木林的暗夜中,被茂密枝叶间潮湿的静默所环绕。他以对乔治亚·欧姬芙盲目的爱为借口,逼迫自己接受自戕的诱惑;他深信他的挚爱会不假思索地拒绝他，事实也的确如此。但正如先前所述，这并没有妨碍他迟延两年再执行自杀大计。

实际上，在这段时间里，浩瀚的绝望与自裁的可能反而将幽默感还给了他，这点从以下文字/广告中便可看出。这是他从波塔提夫回到巴黎时写的，为将他的自杀总代理处——便携式文学史上绝无仅有的分支机构——公之于众：

> 自杀总代理处终于能为您提供一种弃绝生活的可谓正确的方式，因为死是所有颓靡中唯一无需辩解的。我们的送葬一条龙服务包括：晚宴、友人列队检阅、摄像（亦可选择身后面部塑模）、赠送纪念品、自杀、置入灵柩、宗教仪式（自选项目）、运送遗体至墓地。自杀总代理处，负责执行您最后的愿望。

广告刊出两个月后,瑞冈特匆匆离开他的自杀总代理处,启程前往美国。出演悲喜剧的热情将他领到了威廉·卡洛斯·威廉斯(他认定这是欧姬芙的情人)家门口,竭力表现了一名恋爱被拒者的无限哀愁。

我们之所以知晓他横渡大洋时的诸多轶事,是因为他在船上结识了一位优雅的旅客:摄影师曼·雷;数年后,此人会在一本风趣的书——《与丽塔·马露一起旅行》中披露一切,无情地将瑞冈特描述成一个凄楚又富戏剧性的绅士,以沉溺于他自己都不甚相信的绝望为乐——他的幽默感几次三番地背叛了他,例如他前脚刚踏上纽约,后脚就在当地报纸上刊登了这样的启事:

穷光蛋,二十一岁,两手空空,无甚本事,期望与一有情人结为连理:女性,24缸发动机,身体健康,色情狂,姓欧姬芙者最佳。请联系雅克·瑞冈特,巴黎蒙巴纳斯大街73号,在纽约无固定住址。

亲眼证实启事刊载后,瑞冈特动身前往威廉·卡洛斯·威廉斯的家;后者打开门,见到未来自杀者那张怪诞变形的脸,不禁大笑。眼前的瑞冈特手执兰花,面孔涂得惨白,一副被爱欲之火灼穿心脏的受难者的模样。

此情此景不拍摄下来就太可惜了,与瑞冈特同去的曼·雷没有错失良机。他的快照在项狄元老间传递,更让他们确认了之前的印象:无意识的造作,虚假的颓丧——秘密结社中没有属于这位极端青年的位置。

纽约一见不仅令美国诗人同曼·雷做了密友,也让后者——他已是杜尚的高朋了——与乔治亚·欧姬芙走得更近。还有那些风雅的项狄,都是欧姬芙于波塔提夫一别后通过层层遴选悉心招来的,便携式热情的日益壮大也令这座城市逐渐抛却了地方主义色彩。

乔治亚·欧姬芙的朋友包括沃尔特·阿伦斯伯格、波拉·尼格丽、马迪万尼王子、斯基普·康奈尔和罗伯特·约翰逊。在曼·雷眼中，最后这位"表征着空虚、撕裂和死亡预兆"，显然是个奇人。

很久以来，约翰逊不管参加什么聚会总会提个极轻的旅行箱，所有人都以为里头装的是他的微缩版画作，直到有一天，大家发现，原来那是个野餐盒，内含一只汤碗、四个托盘，外加十二个碟子、六盏水杯和一把巴洛克式的纯银茶壶。

但约翰逊最古怪的地方还在于，他总有哪处叫人想起瑞冈特，尽管与后者不同，他像是迫不及待想要离开这个世界。瑞冈特认识他时又惊又愧，尤其令他心虚的是，面前的这个自杀者要比他决绝得多。"今晚多看我两眼吧，"约翰逊告诉他，"你大概再也见不着我了，几小时后，我将不复存在。"事实正如他所述。到家不久，约翰逊决定完成那项启动多时的任务、他的金银细工：将那把巴洛克银壶的壶纽磨成圆满的球形，当作子弹，掀翻自己的头盖骨。

约翰逊永远无法想象的是，他的死让他成为了纽约的维特，一夜之间，这里也同巴黎一样遍布自杀的青年，他们在银壶送葬的创举前看傻了眼，纷纷从吊桥上跳下，不忘事先致信法官，陈述他们之所以轻生的种种歪理。

自杀青年之一、雕刻家戈蒂耶-布尔泽斯卡的弟弟，殷勤周到地将这首绝妙的诗寄给了法官："明天，终结。／终结，明天。／明天就是终结。／终结，就在明天。／明天，通往终结。"

见自杀浪潮如此汹涌，约翰逊的挚友斯基普·康奈尔请瑞冈特——他也算自裁界鼎鼎大名的权威了——即刻发表一份紧急声明，号召年轻人放弃自杀。于是一九二四年十二月末，雅克·瑞冈特签名的一份致编辑函出现在《纽约时报》上：

> 没有理由活着，但也没有理由去死。编辑先生，我希望通过这封信让这座城市的青年们明白，唯一展示我们对生命的蔑视的方法就是接受它。生命不值得我们花工夫去抛弃……自杀是舒适的，它太舒适了：我还没有这样做。我在斟酌。我不希望到启程时还无法确认，我是否可以带走自由女神，带走爱，带走美国。随信附上我对荒唐的坠桥客们最激烈的抗议。纽约的年轻人啊，若要轻生的话，选家豪华酒店吧。说实在的，有些酒店还挺文艺的；寻根究底，文字的世界栖息在想象的酒店中。欧洲人早就明白这一点，只有在丽兹酒店自杀才称得上优雅。

与斯基普·康奈尔的初衷背道而驰，该信

函一经刊载,自戕事件与致法官书的数量如雨后春笋不减反增。最著名的是斯基普·康奈尔爱侄的那份函件:"法官先生,很高兴通知您,我已选定于叔叔死后我继承遗产的当天自杀。"

据曼·雷称,瑞冈特的信函帮助他们发现了另一种项狄特质:坚拒一切自杀妄念,坚拒任何浪漫主义过时的抽搐:"瑞冈特的话表明,我们中只有他赞成自杀,而其他人都清楚,一架水上飞机,打个比方,比随风飘扬的长发或是海因里希·冯·克莱斯特于万湖碧岸边难产的自杀计划吸引人一万倍。"

一起突如其来的自杀事件让瑞冈特大受震动:他在纽约最好的朋友、丽兹酒店的门房,于酒店大堂自缢身亡。悲愧交加的瑞冈特拎起箱子逃回巴黎,从此郁郁寡欢;他硕大的黑影投射在蒙马特街巷,绝望地迁延着自杀的脚步,而自杀显得愈来愈近。在黑人美女卡拉·奥兰格的陪伴下,他从这家酒店遁入那家酒店，拖着个沉重的行李箱——它其实是张书桌，有两个搁大部头书的架子、三个放文件的抽屉、附带打字机隔栏与折叠桌板。在曼·雷看来，那个衣箱的分量——瑞冈特发现它毫不便携——可能是他下定决心自杀的原因之一；他最终选择了巴勒莫大酒店①作为自己的辞世地点。

一九二六年底，瑞冈特进驻这里，事先采取了措施，永不会再回巴黎。他的书桌/衣箱中存有各式各样的巴比妥镇静剂，他不知疲倦地吞服它们，满足自己的药瘾。他想自杀，他

---

① 确切名称为巴勒莫棕榈大酒店（Grand Hotel et des Palmes）。瑞冈特自杀后，这里成了所有掌握便携式奥秘的人的朝圣地。如今您仍可以拜访这里，而且确实值得这样做，因为该酒店蕴含着许多其他历史意义，是萨伏依王朝向共和国过渡时期西西里光辉与苦难的清晰缩影。最后我得提醒您，由于该酒店的经营者是一群循规蹈矩的家伙，他们唯一展示给旅客的是瓦格纳曾经住过的房间，就好像瑞冈特从来没有到过这里似的。——作者原注

想被杀死；之前惧怕的死亡，如今他甘之若饴。

预定去克罗伊茨林根排毒的那天早上，他被发现死在了房里。尽管极度虚弱，他还是拖着被褥爬到了通往卡拉·奥兰格房间的那道门前。门通常是开着的，当晚却被锁了起来。瑞冈特的遗容，怪诞得难以解译。

曼·雷称，待消息抵达巴黎，项狄们才想到，应当避免在秘社内部再次发生一时冲动的轻生行为，于是他们传播各种文章，告诉人们此次自杀的不可超越性；他们觉得，若这次自杀被评为极致，未来的便携者一定会放弃在自杀这件事上与瑞冈特一较高下的想法。譬如布莱斯·森德拉尔写道："在巴勒莫大酒店里，钥匙、插销与关闭的门构成了神秘的三角关系，既呈现同时又否定了瑞冈特的作品。从任何角度来说，此次自杀都无可比拟。我希望我的朋友们不要试图超越它，因为这是个不可能的任务。自裁遭人取笑，甚至不知道有人已经先自己一步做过了：没有比这更糟糕的事情。"

而莫里斯·布朗肖认为——他在《失足》中简明扼要地分析过便携式现象——旨在防止自杀的文字被广为扩散，其目的并非劝诫同伴，而是说服作者自身。就某些迹象看这很有可能是真的，马迪万尼王子在一艘静止潜艇中所作的诗《那褥子呢?》就是其中一例。他的笔想必在颤抖，或者他根本就是疯了，抑或只是体验到了切切实实的恐惧，生怕敌不过死的诱惑。不管怎样，他写下了这些不登大雅之堂的词句，向瑞冈特的巴比妥酸盐致敬："非诺董，维力安，鲁妥耐/希帕连，阿悉替，索诺泰/脑利纳，维洛宁，再见①。"

从不缺乏幽默感的保罗·莫朗对这首诗阐释如下："妙极了，它向我揭示了在文字领域实现自杀的可能。"

---

① 原文为英语。

在文字领域实现自杀,这原是句讥讽的评论,到头来却成了秘社成员普遍接受的准则。已经很清楚了,从那以后,自杀只能在纸上进行。打个比方,在一份超现实主义问卷上——被问者必须阐明他对轻生的意见——安托南·阿尔托是如此作答的:"那您对生前自杀这件事怎么看呢?它让我们复归存在的另一面,并非死亡那边。这才是有价值的。我对死不感兴趣,我要的是不存在,是从未坠入这个饱含愚行、失落、拒绝与拙交的堡垒……"

尽管最初——我们看到——项狄世界的悲剧在于发现自己站在死亡一边,所幸他们很快醒悟,自戕只能在写作中实现,且不能解决任何问题,于是他们——我们将看到——或求助于极致的寂静,或化身文学人物,或豪饮如铄铁之烈酒,或转向视觉的骗局与圈套、海市蜃楼的异体:适合各种口味的便携式解决方案,只为将那死亡的语言抛在脑后——是瑞冈特于非洲印象中发现了它,那时距离他拖着如包袱一般的衣箱在蒙马特闲荡还有两年。那是在波塔提夫,恍恍然一切开始的地方。

齐聚维也纳

他们真的邀请我了。

——司各特·菲茨杰拉德,
《了不起的盖茨比》

一九二五年初,音乐家乔治·安太尔携雷霆万钧之势降临元老项狄们的运动场,以他的尼古学新知(由安太尔本人创立,据他称,它是一泓知识之泉,通往一个确知的事实,即不可能存在一个漂移的秘密结社)在便携者中间播撒气馁与恐慌。而后,于他自己制造的惶惑中，安太尔又出版了一本怪异的小册子①，让项狄们重新振奋起来，甚至进入一种诡秘的欣悦状态，以惊人的创造力缔造了杰出的成就，例如早夭的安东尼·泰丰的一篇著述，他在文中盛赞错乱，称之为刺激感官的不竭源泉。

可以说安东尼·泰丰已经错乱到将姓名中的"h"都涂抹了的程度②，还提议向乔治·安太尔授勋，导致自己立时被逐出社团——如果有什么会让项狄们无一例外地闻之色变，那一定是各种荣誉、徽章和奖牌。

泰丰逃去马提尼克岛，在一个除他以外再无人知的镇上开了家造纸厂，却因其大肆消费

---

① 《尼古学之辟谣》。因该文本不甚有趣，我未将其收录在本《简史》最后的重要书目中。该书有西班牙语粗译本，译者为维南西奥·拉莫斯，一九五一年由巴塞罗那哈内出版社出版。其中狂热夸赞烟草的那章不无趣味。——作者原注
② 安东尼·泰丰，即 Anthony Typhon，姓氏与名字中都包含"h"字母。

自制产品而破产。他不时致信安太尔请求原谅,口吻之真诚无人可及,却总在信笺末尾反戈一击,添上那段必不可少的附言("最近我在研究如何完善爱情游戏,用的是焦油。"),再署上"Typ(h)on"的大名,还恬不知耻地将它签成奖章的形状。

乔治·安太尔——数年后他将创作出颇具争议的《机械芭蕾》(非凡的项狄音乐)——对泰丰的来信司空见惯,不会为此浪费哪怕是一分钟,只因他全天二十四小时都已被便携式密谋占满。是安太尔——举个例子——觅得了早期秘会的理想地点:奥岱翁街十二号,由西尔维娅·比奇经营的莎士比亚书店。

乔治·安太尔就住在书店楼上的两居室,往往攀上侧墙——这很有项狄的做派——从窗户钻进家里。西尔维娅·比奇在她平庸的回忆录中谈到,便携者们每周五都在书店举行集会,时常还会有新成员入社。安太尔是聚会的主持,似乎还发明了在巴黎街头寻觅便携式艺术家的秘法。一年里，安太尔转遍了蒙巴纳斯与圣日耳曼区的露天咖啡馆，如密谋者般全无声息地分发着手语字母表，字母表旁有段乍看上去无法理解的说明，共十二句，只有想到将每句首字母连起来读的人才会发现以下地址：奥岱翁街七号。

此外，说明的第一句是以西班牙语书写的：Si Hablas Alto Nunca Digas Yo[①]，若有好事者念出其中大写字母构成的单词，也许会对此产生兴趣：

SHANDY[②]。

值得注意的是，除劳伦斯·斯特恩的著作外，这个词还有另一个含义。在伦敦，这是种用苦啤混合柠檬汁或姜汁汽水制成的日常饮品。

---

① 意为：如果你大声说话，请不要说出"我"。
② 即项狄。

夏天口渴,来点冰镇香蒂酒。

总之,一个奥岱翁街的地址,以及单词"shandy"。了意之人会想,这是在神秘兮兮地请他们喝香蒂酒呢,于是很快来到奥岱翁街七号附近碰碰运气。等在那儿的布莱斯·桑德拉尔会问他们个简单的问题:"您是聋子么?"通常都会得到回答"是",这时布莱斯·桑德拉尔便会指指西尔维娅·比奇的书店,而后以明确的密谋者节奏从容离开,一边说:"您也瞧见了,不是七号,而是十二号。周五八点,我们等您。"①

在安太尔和桑德拉尔于街头捕获的项狄中,瓦莱里·拉尔博从一开始便鹤立鸡群。是他最先倡导了在莎士比亚书店等处举行的第一届世界聋人大会。

瓦莱里·拉尔博是杰出的便携式艺术家。

---

① 七加十二加八等于二十七,之后各位会看到,这是个完美的项狄数。——作者原注

他性观念极端,且坚决抵制任何自杀念头。而更为彰著的是,他难以与双重自我共处,关心黑人地位,如光棍机器一般完美运转,胸无大志,致力蛮横艺术,旅行时总是拎着装有他轻巧作品的箱子。

如您所见,这是个完完全全的项狄。作为典型的世界性文化人,他不歧视特立独行,热衷无疆界的国际文化,渴望一个拥有广大视野与广阔源流的世界,持和平时代美好的理想主义。

据说,他自幼热爱旅行,喜欢皮革的味道、火车,和看似静止却疾驰而过的风景。五岁时他便初次穿越国境,从法国前往瑞士。以前从未见过的地图上红色和浅紫色的界线使他大感讶异;他曾专注地研究它们,是为他的启蒙游戏。

这个优秀的便携者同样钟爱迷你。西尔维娅·比奇在回忆录中告诉我们,瓦莱里有一支庞大的铅兵部队,时常抱怨它们侵占了所有房间，却从未采取任何防御措施："这些士兵或许与他的另一大收藏有关——三角旗：它们有蓝，有黄，有白，与他的衬衫袖扣和领带一一对应。他住在郊区房子时总将它们挂在屋顶，尽管他不常去那儿，宁愿留在巴黎或是外出旅行。"

他也是文字的旅人："我有给钟表上发条的癖好，喜欢整理东西、为黯淡的上光、让弃置阴影的重见光明、将遗忘在阁楼的文玩刷洗干净。"

正是在某间阁楼，他选出了理当成为秘密结社入社誓词的句子，那是《项狄传》的一段引文："严肃是身体为掩盖精神缺陷而做出的神秘姿态。"

这些，加上他对于挖掘带有便携色彩的作品充满热情（萨维尼奥、利特巴尔斯基、戈麦斯·德·拉·塞尔纳、斯蒂凡·泽尼特，以及后生可畏的博尔赫斯，都受过他的提携，并在他邀请下加入了项狄秘社），您大致可以勾勒出这位作者的肖像，虽是在世纪文化全景下逆光孑立。若想了解便携式文学是如何站稳脚跟的，拉尔博至关重要：是他组织了一九二五年三月于维也纳举行的项狄集会。

一个月前，拉尔博即到维也纳实地勘察，研究在此地举办聚会的可行性：集会是绝密的，必须满足一些特殊条件。对造访维也纳的这位贵客来说，当时住在该城的最显赫、最严肃的人当属卡尔·克劳斯，对此谁都没有一丁点疑问。这位对一切邪恶腐坏的事物加以抨击的作家编有一本杂志，供稿人是他自己——就他自己。给他寄什么都显得不合时宜；他不接受任何协作，也从不回信。《火炬》杂志的每个词、每个音节都出自克劳斯。他的援引必须分毫无差；如此一丝不苟，在文学圈中尚无先例。他的每一个逗号都经过反复斟酌，谁要想在《火炬》上寻出一处笔误，得劳心费神地找上几个礼拜，最明智的还是放弃。

可就在拉尔博来维也纳之前，一位名叫维尔纳·利特巴尔斯基的青年作家决心与他的巴西黑佣维西利奥一同找笔误，在焚膏继晷了几天几夜后，真的发现了它。他跟维西利奥开了香槟庆祝，想象着大批友人前来恭贺的场景。他模仿人群如雷鸣般的欢呼声，又一次搅扰了他的邻居——他们早就知道这是利特巴尔斯基的专长：假装家里开着万人派对。

成功挖出笔误后的那段日子，利特巴尔斯基用他父亲的老印刷所出版了一份反克劳斯刊物，定名为《我怀疑①》②，此举进一步加强了他在邻人眼中神经病的印象。该刊第一期——也是唯一的一期——有二十四页，均由利特巴尔斯基写就，只有一篇意见来自维西利奥，它是

---

① 原文为德语。
② 一九七九年十月于马略卡岛帕尔马出版的《桑阿玛丹期刊》第二百七十一期上刊载了该杂志内容的摹本，题为《我猜想》（该翻译值得商榷）。——作者原注

这么开头的:"如今我对任何事物都没有任何意见了。"您在利特巴尔斯基的期刊中能找到对克劳斯的辱骂、对其品位存疑的笑话、烈酒广告、印第安明信片、诡秘的通行证、荤段子、象牙雕刻、以克劳斯奶奶为主人公的漫画,总而言之,一场无下限挑衅的低俗展示。

全维也纳都在同情利特巴尔斯基:如果说之前的模拟派对已经叫人觉得他疯了,如今他胆敢拿卡尔·克劳斯开涮——这只会为他招来白眼,让他无论在社会还是学界都名声扫地。

但当瓦莱里·拉尔博带着项狄秘使的任务抵达维也纳时,他在利特巴尔斯基身上看到了便携者们心目中完美东道主的形象。此次国际聚会必须远离巴黎以及项狄主义的其他伤痛之地,还应避开便携密谋者外普通公民的耳目。

从一开始拉尔博就清楚,利特巴尔斯基的模拟派对是一场真实集会的最佳荫庇,来自全球各地的密谋者可以神不知鬼不觉地出现在维也纳,只要他们懂得及时消失在晨雾里。

拉尔博相信利特巴尔斯基的蓬勃能量——白白消耗,病狂而便携——可以很容易地被引向奢侈而无用的项狄行星,于是给他写了封信,通过一段含混难辨的讯息,交付给他——这也是信中唯一清晰的内容——一把通往全新友谊的神秘钥匙,将他与这个小小秘社——它的壮大难以察觉,但永不止息——的成员联系在一起。

"我懂,朋友,"利特巴尔斯基回复说,"我懂。要知道,我对您的钥匙很感兴趣。它打开了一扇通往洛基亚的门,从我小时候开始,它们的变化总是比其他地方要少。但我亲近它们不仅为了这个;正因它们不适宜居住,才成了初到某地尚未站稳脚跟之人的庇护所。与它们相比,房屋反倒有了限界。维也纳自洛基亚而生,而我生于维也纳,只为让洛基亚重生。"

"又及:说到底,我是单身,而我的仆从是

个黑人。"

拉尔博觉察到,利特巴尔斯基利用了"洛基亚"一词的双重含义①——在维也纳,它也可代指附有玻璃拱顶、堆放废旧家具的回廊。此外他还想说,他欣然接受那把钥匙,愿与便携式文学交好——这是种不存在的文学,没有哪位项狄知晓它实为何物,但正因如此,才使这个文学门类得以存续,让一个为虚无而密谋、从虚无中密谋的秘密结社的成员跟着它的节奏起舞。

关于维也纳集会的准备工作,就我所知——其实我并不晓得多少,只有米里亚姆·桑德拉尔的《未揭之秘》可作参考——利特巴尔斯基与拉尔博的首次会面正是在一条具有典型当地风格的凉廊上:这位维也纳作家终于决定打破多年来他对正在写作的那本题为

---

① 即"logia",兼有"集会所"和"凉廊"的意思。

《光棍的枪声》(如今已经很难见到了)的怪异小说的沉默——从很久以前,准确说,是从记事起他就开始写它了。但让这篇小说显得尤为稀奇的还不是他倾注其中的时间——他说,笔耕数十年,写下的有效文字不过一页;他将那张被泼过红酒的破烂四开纸递给拉尔博,后者有心理准备,念道:

> 父母亲的接待室里,小赫尔曼无聊地望向窗外,一个陌生男孩在他面前站定,用一种在他看来寡廉鲜耻、没事找事的姿态,将一整瓶法国香槟欢快地倾倒在人行道上。赫尔曼永不能原谅他。

而当拉尔博纯粹出于礼貌地询问起小说的情节,利特巴尔斯基给出了这样的回答:"整篇就是写赫尔曼的,这是个把生命浪费在无端憎恨上的男人,他仇恨的对象的唯一罪过——

如果算得上罪过的话——就是在年幼时倒空了一瓶香槟。赫尔曼全身心投入到荼毒对方生活的使命中，甚至不惜保持单身，不让自己有一分一秒耗费在除不懈迫害那位香槟挥霍者之外的琐事上。赫尔曼时不时会照着另一方的生活来上两枪，也就是说，确切干预他死敌的世界（夺走他的妻子、举报他的生意、肢解他的母亲、杀死他的狗、烧毁他的房子，诸如此类）。光棍短促而精准的集束子弹每次都从倒霉鬼看不见的角落射出，被憎恨的对象怀着困惑的心情走过这本写就他一生的小说，骇然发现，连时间之重都未能削弱那位他从未听闻过的仁兄对他的敌意，而他对那人唯一的了解在于：他正于目力所不及之处瞄准着自己，顽固而又出奇成功地摧毁着自己的生活。

待他讲完，拉尔博问他，卡尔·克劳斯在童年时都对他做了什么，以至于他如此恨他。听到问题的利特巴尔斯基并不感到惊讶，他是这样回答的:"在我的理智上泼了香槟,这还不够吗?"拉尔博更倾向于将这话看作比喻,转而谈起自己真正感兴趣的事:组织一次聚会,号召项狄秘社最先锋的成员齐聚维也纳。"他们会从四面八方赶来,"拉尔博说道,"唯一要紧的就是别让维也纳人发现。"语罢,他提出交换各自的旅行箱:一个费解的要求,利特巴尔斯基接受了,连米里亚姆·桑德拉尔都不知作何解释:"拉尔博跟我谈论派对的准备工作,每次说到这儿就闭口不言。一提起换箱子的事他就烦躁不安,从不肯告诉我交换的原因。要是哪天有人决定深挖一下,就这段不为人知的便携式秘社史出本书的话,说不定我就能知道手提箱背后的奥秘。我相信事实,相信我所看到的,既然没有更多信息,我只能揣测,拉尔博三缄其口是因为箱子里装着什么重要的东西。"

  我得跟米里亚姆·桑德拉尔说声抱歉,我没能查清维也纳换箱子的真相。但不管怎样,我想提醒桑德拉尔女士,项狄们从未觉得自己重要,所以也从不会在他们轻盈的行李箱中装上什么要紧东西,那只可能是被迷你化了的作品,以此反映——无一例外地——对自诩关键、严重、根本之物的绝对轻视。希望没有人把这段话视作掩饰调查失败设下的调虎离山之计,我只是觉得,箱子的事不算个谜,更不是什么重大问题,又何况,连便携式密谋史本身都谈不上重要。

回到正题。换过箱子,利特巴尔斯基对即将到来的派对表现得尤为兴奋,称他家具备各种有利条件,能在两分钟内疏散人群,如果情况需要,有一道几个世纪以来一直被常春藤掩盖着的后门,邻居们谁也不知道。没法再好了,拉尔博一定是这么想的,于是他们商定了聚会的日子。一九二五年三月二十七日,集会如期举行,用到会者之一、维森特·乌伊多布罗的话说,这是"群星的词汇与流浪者问候之樱桃

的真正爆发",他在日记中这样写道:

> 维也纳的满月之夜,万物映照在每只眼睛里。转瞬即逝的星象王朝从一个宇宙崩落到另一个宇宙。这里有声名狼藉的便携者司令部。面具、奸计、维也纳凤尾船齐齐爆发。群星的词汇与流浪者问候之樱桃的真正爆发。酒精、遥远的珍宝。行星成熟在行星树上,我们的眼看到鸟的根,比睡莲更远,比蝴蝶更近。我们的秘密之船航行在星宿的夜伏之海。巴黎是一把折扇:杜尚、司各特·菲茨杰拉德、达利、曼·雷、拉尔博、塞利纳。啊!还有乔治·安太尔。秘鲁则是纯剑术:塞萨尔·巴列霍。侍应生:黑人维西利奥。从前的雪攀上了纽约的凉廊:曼妙的乔治亚·欧姬芙、波拉·尼格丽、斯基普·康奈尔和斯蒂凡·泽尼特。西班牙或

胡安·格里斯,以及刚在哈瓦那成婚的丽塔·马露。马迪万尼王子在雾中,波希米亚水晶里有古斯塔夫·梅林克。萨维尼奥的帷幔在永恒之城,于苏黎世携野熊之毒蜜者是特里斯唐·查拉。贝尔塔·博卡多抑或她的丝绸衣针。瓦尔特·本雅明与贡布罗维奇内部的芜杂。还有恼怒的邻舍钢琴家屁股上的彩虹。乌伊多布罗不在现场。

真正不在现场的是弗朗西斯·毕卡比亚,而他却是对维也纳集会书写最多的那个。尽管没有给出与会者的姓名,但他告诉我们,总共有二十七人出席,随即他宣称,二十七是个完美的项狄数字:"三月二十七日在维也纳,斯蒂凡·泽尼特恰满二十七岁。二十七也是丽塔·马露被送进远在索马里的一家精神病院时的年纪。"二七一代"西班牙诗人的加入毁灭了便携者的星星之旅。某年十二月二十七日,我结婚了。保罗·克利献给数字二十七的一幅画令人赞赏地荟聚了秘密结社的光与影,您能在温赛特女爵家里欣赏到这幅作品,她住在巴黎一条街的二十七号,育有二十七个孙子,等等……"

在毕卡比亚关于派对的描述中,他对聚会尾声的刻画具有特殊意义,譬如在这里,我们见到了一个与我们惯常认为的酒鬼形象相去甚远的司各特·菲茨杰拉德:"我们就各自的艺术品位进行了一番很棒的谈话,发现大家追求的都是精炼的文字,连应运而生的作品都希望是短小的。倏地,我们见司各特的眼亮了起来,像是被一种奇异的兴奋占据。发烧一般,他再难与我们谈论文学。从查拉那儿扒来的独目镜不时掉下来,而他戴眼镜的动作越来越紧张,好奇的我们决定靠上去看看。这才发觉他身边放着个小金盒子,他假托感冒,过一会儿就凑过去一次。于是我们明白,冬季体育取代了文学的位置,换句话说,他的鼻子滑起了至纯可卡因铺就的白雪。"

与此同时,就在邻居们(他们已不再怀疑,那么大的响动不可能还是由一个人造成的)报警的时候,瓦莱里·拉尔博告诉利特巴尔斯基,他愿给那张被泼过红酒的破烂四开纸出一个评注本。这篇小说得到了与会者的大加赞赏,尤其是黑人维西利奥。见所有服务员都醉了,他也亢奋起来,抄起主人的短筒猎枪,如鸣枪礼般冲着屋顶打了四响,惊得便携者们落荒而逃,只剩下司各特·菲茨杰拉德还陪伴着利特巴尔斯基,后者显然被他黑佣的举动吓傻了。

司各特·菲茨杰拉德缓缓坐进沙发,警察和邻居们进来时,他正点燃一支弗吉尼亚雪茄,佯装——于破碎的杯盘间——在和东道主下象棋。他以异常激动的语调朝那些人喊道:

"他们真的邀请我了。"

他毫不犹豫地将这句话一字不差地搬进了自己那会儿正在创作的小说里。

奥德拉代克的迷宫

这记忆如此深刻,至今仍历历在目:在波尔特沃一家咖啡馆的露天座椅上,看着一九六六年夏末的傍晚渐垂帘幕,马塞尔·杜尚向我谈起了维也纳集会、黑人维西利奥的枪声以及项狄秘社——是时我对它的存在还一无所知。二十七年前瓦尔特·本雅明被迫自尽时的旅店就在我们坐席不远处。

喝着茴香酒,马塞尔·杜尚激动地讲起那场并非自愿的自杀,说道,若非瓦尔特·本雅明在那个浓雾的清晨果断采取措施,上天保佑,便携者的历史必将大相径庭——那天,项狄们从利特巴尔斯基家中奔出，四散而逃，不知何去何从；在那幽幻的维也纳，墙砖崩落忽成了人形，冰面上浮现出无表情的脸孔。

恐慌、离散；见项狄们各奔东西、再难麇集，是瓦尔特·本雅明一声号令，将所有人召到布拉格，又请他们住进古斯塔夫·梅林克所在街区的旅馆，以街头邂逅的方式再度聚首。

便携者们谁都没忘记那条于逃亡途中隔空射来的讯息，这也让项狄之旅得以延续：显而易见，这是场无用的运动，因为他们没有目标，没有追求，就像中世纪的朝圣者，重要的是旅行，无论到达的是坎特伯雷、耶路撒冷还是孔波斯特拉，他们只想一边讲着故事一边行走。

迫近的北风让我们挪进咖啡馆，我起开一瓶香槟，木塞在猛击天花板后又弹到橱顶，稳稳地站在窗帘杆的一头。老主顾们都惊呆了，店主下令谁都别碰，他要叫所有人来看。杜尚笑言那木塞是我的奥德拉代克。这还是我第一次听到这个词,便问他奥德拉代克是什么意思。于是,杜尚以异常私密的语气向我普及了项狄主义最诡秘的那一面:黑暗租客的存在——他们就借住在所有便携者内心的迷宫里。

黑暗租客,亦称奥德拉代克,似是到了布拉格的无尽迷宫才开始现身。由于项狄们难以和双重自我共处,他们每个人心中都住着一个黑暗租客。其中大多数黑暗租客此前还只是审慎的陪伴者,但一到布拉格就变得苛求起来,变幻不同的形貌,有些还化成了人。

或独自一人或成双结对,便携者们来到布拉格。刚住进犹太区的旅店,他们就感受到黑暗租客日益活跃。他们无助地确认,此事早有预谋。最真实的自我逆意志而行,只为使幽灵获得具象化的躯壳。

斯基普·康奈尔在回忆录中这样描述他的黑暗租客——它竟然是一个吞刃者:"到布拉格不久,我在市中心一家旅店的临时工作桌前坐着，忽然听见房门开了。我回过身，以为是哪位同伴，却看见我自己踏进了我的房间。他走过来，在我桌对面坐下，手支着头，口述起我写作的内容。就这样过了几个小时，我终于鼓起勇气问他是谁。他说他是个吞刃者，最爱的是匕首。我们一起去旅店饭厅用餐，在那儿发生了一件着实骇人的事：那可怜的吞刃者若无其事地把叉子咽了下去。我连忙把他送去诊室，大夫取出叉子，手术成功。自那以后，我再没见过他，但我总感觉他在我身边盘旋，随时可能再次出现。"

布拉格犹太区的另一家客店里，西班牙画家胡安·格里斯在一本乐谱上记下了这样的文字："我在布拉格等待与友人相逢，惶遽而困惑。我看见鬼魂在本区的老房子里穿梭。我非常害怕，当我得知谁才是我巷子的真正幕主。这儿住的都是些怪人，类似影子，非母亲所孕育的生物，其思维与行事风格皆由未经甄选的片段构筑。当他们掠过我的精神,我比任何时候都更倾向于相信,梦也有自己的住所。我想它们就隐居在晦暗的真相里;我苏醒时,它们就似五彩故事里的鲜活映像潜伏于我的灵魂中。"

斯蒂凡·泽尼特到布拉格后也发现自己养着个黑暗租客;这位的样子倒不太像人。恐慌之下,他决定离开这座城市,临走前给贡布罗维奇——他的室友——留下一段有趣的记录:

"我走了,因为我怕自己,布拉格尤其加重了我的恐惧。若你找到室友,替我和他们道别,就说有不可抗力逼我回纽约去。我想告诉他们,除了黑人发疯的那一会儿,整场派对我都特别开心。正如之前所说,我走是因为害怕自己,我体内——有时也在体外——住着个一轴黑线似的东西,总勒令我说些我从没想过也永远不会去想的事情。轴是扁的,星形,像是绕满丝线;线很旧,缠在一起;当然也有其他种类、不同颜色的线,互相缠绕。

"但它还不只是个线轴。星形中点的垂直方向上有根凸出的小棍,与小棍成直角的地方又支出了另一根小棍;以后面这根棍为一条腿,星形一角为另一条腿,那玩意能直立起来。有时我从旅店门口出去,看见它站在台阶下方,就想和它说话。我问它问题——当然没问太难的,总觉得这是个孩子(大概因为它个儿小吧):

"'嘿,你叫什么?'

"'奥德拉代克。'它答道。

"'家住哪儿呀?'

"'地址不晓得。'它说着就笑了,是那种没有肺的人的笑,听着像落叶窸窣……我真的怕,维托尔德,所以我才走的。说不定离开布拉格,我就再也不会见到我的奥德拉代克了。"

正因这段话,黑暗租客很快在项狄隐语中更名为奥德拉代克。在布拉格,安太尔与克隆伯格依照泽尼特的文本,以奥德拉代克直称各自的黑暗租客。乔治·安太尔的奥德拉代克不是线轴,而是钉在带子上的一根大头针;赫尔曼·克隆伯格的那位则非微小之物——它是又一个幽灵。

"随着与越来越多同伴在布拉格重逢,我发现,"安太尔写道,"只有至微的情感和至小的物件才使我心生触动:许是缘于我对无足轻重的事物的热爱,或因我在细节上的挑剔,尽管最可能的还是——不太确定,我从不分析这个——恰恰因为微小的东西不具备任何社会地位或实际意义,故而也断绝了与现实世界的种种污秽的关联。微物——正如我的奥德拉代克——总有非现实的意味。无用是美,因为它不像有用那么真实,必须存继与延长;它就像神奇的'不重要'、光辉的'无限小',固守位置,不逾本分,自由而独立地生存着,好比我的奥德拉代克的纯粹存在——钉在我面前带子上的这根大头针。奥秘从未似观察微物时这般清晰,后者不会移动,近乎透明,静止着,好让玄义得到彰显。"

德国作家赫尔曼·克隆伯格的奥德拉代克却并非微物;如我所说,这是个幽灵:他假扮诗人混入便携者中,与他们同往维也纳、同去布拉格,还与克隆伯格住进了同一家酒店。他是可怖的阿莱斯特·克劳利,人人皆知他是佩索阿的朋友,但他也是登山运动员、撒旦主义者、哲学家、驯狮人、色情书画作者、自行车手、嗜海洛因者、国际象棋手、间谍、神秘学者,也就是说,一个相当活跃的奥德拉代克:能把端坐不辍的克隆伯格逼去维也纳和布拉格,足证其能量无穷。在布拉格,他用邪术将主人领上性的魔途,又携了他去攀登克什米尔的最高峰。

"我来克什米尔干吗?"克隆伯格在旅行日记中丧气地写道,"我喜欢的不过是家中的炉火、查收我浪迹天涯的朋友们从遥远国度寄来的信笺。我从没想过与他们在维也纳相聚，可在奥德拉代克的蛊惑下，我不仅去了，还被拽到了布拉格，继而又朝克什米尔进发。如今的我又冷又怕，被心魔所挟制——看得出来，这是个爱旅行的。"

定栖动物克隆伯格在克什米尔发了疯，永远失去了踪迹，只余下他的旅行笔记长存于世。如果我们信几位见证人的说辞，迫近该地区制高点的克隆伯格自以为撞见了多年前佩索阿弃于雪中的那顶帽子。由于佩索阿从未将礼帽戴去那僻远极寒之地，不止一人怀疑，克隆伯格已丧失理智。这点在继续攀登的过程中得到了证实：克隆伯格称乌鸦的振翅与鼓噪吓得他肝儿颤。可那里没有乌鸦。

终于到达峰顶，克隆伯格惊叫起来——他的奥德拉代克已提前等在那儿了。一袭黑衣的阿莱斯特·克劳利——两年后在塞维利亚解散秘社的那位——笑着同他问好,手中挥舞的黑旗在最阴森的骷髅上绣着这样的口号:向着丝般的叙述。

他们怎么都没法让他平静下来,叫他相信其实峰顶无人。当晚,克隆伯格记录下自己所见的一切——葡萄牙礼帽、乌鸦、执旗的奥德拉代克——随后将日记置于雪上,遁入印度山峦的暗影,消失无踪。

萨尔瓦多·达利的奥德拉代克有出众的音乐气质,欢快愉悦,还极端情色。它是一把自渎小提琴,换句话说,一种自带跳蛋的乐器,震动端可以被猝不及防地按进肛门——若需要也可以被塞进阴道。此后,一位专业音乐家会将琴弓搁上琴弦,绝非想到什么就拉什么,而是奏起一首专为自慰谱写的乐曲;他节制着狂热,不时平静片刻,让被跳蛋放大的振动在乐句奏出最强音的那一刻撩起使用者的高潮。

而拉蒙·戈麦斯·德·拉·塞尔纳的奥德

拉代克并不色情,它显现在布拉格一家酒店的铜镜上,把这位作家吓了一跳:"我照着镜子,忽然发现,我真像我父亲。我会不会是我父亲?所以我穷其一生不过是另一人的幻影?我们不是我们,只是祖先而已?"

写下这段话的那天,他不住地忧虑;对项狄来说,没有比奥德拉代克的突袭更可怕的了,尤其后者还揣着惊扰的目的;诚然,也有和善羞怯的奥德拉代克,但它们通常无趣;大多数奥德拉代克还是阴暗、凄楚、烦扰的,喜爱惊吓自己的宿主,且乐此不疲。

当日,戈麦斯·德·拉·塞尔纳惊悸异常,但仍懂得鼓起勇气,笑面困境;他以最快捷的方式战胜了父亲的幻象——砸碎了布拉格酒店房间里的所有镜子。

可便携者们来布拉格干吗呢,这里没有大会,没有宣言,没有恐怖袭击,也没想过组织另一场欢聚:什么都没有。对此我有过阐述。

依我愚见，他们只是喜欢一边讲故事一边行走，只不过这段旅途就像所有诗歌和小说一样承担着无意义的风险，但没有这风险它们又什么都不是——或许这才是旅行对于他们最大的吸引力。

谈到风险，我得说，在布拉格，它似乎加倍了。项狄们很快加深了一个难以磨灭的印象：在子夜或凌晨的某个时刻，会有神秘的声音——并非来自奥德拉代克——絮叨起默然的密告；时而是微弱的颤动，偷偷溜过犹太区古老的石墙，那声响爬过屋顶，窜下管道，若有人费心探查，便能发现——在那奥德拉代克的迷宫里——凋萎的香桃木花束，这新娘的花束被秽水拽走，那里隐藏着静默、几乎无法觉察的姿态与神情——危险的奥德拉代克之魔像。

"危险，我说真的，"波尔特沃咖啡馆的露天座位里，马塞尔·杜尚这样告诫我，"要特别当心那个在木杆上立得稳稳的香槟瓶塞，因为它也有它的魔像。"

　　这记忆至今历历在目。我正欲问他危险何在，却发觉他不见了。我到处寻他，甚至找去了瓦尔特·本雅明最后的房间，哪儿都没有，人间蒸发。难道杜尚是我的奥德拉代克？我本欲继续讲述它们的故事，却发现还是结束这章更为合适。嗯，就到这儿吧。不管怎么说，这是一本简史——抑或不是。

布拉格新印象

阴翳的黑色/雪中的大理石。

——弗拉基米尔·霍朗

连我自己在撰写本书某些章节时也借鉴了布莱斯·桑德拉尔所著《黑人选集》的创作手法。该方法由其胞妹米里亚姆·桑德拉尔在《未揭之秘》——一本向八卦致敬的书——中披露于世。

米里亚姆·桑德拉尔称,《黑人选集》初创于布拉格。那个暖春的黄昏,忐忑的古斯塔夫·梅林克——自维也纳一别,他还未曾在街区中见到任何一位便携者——从自家窗户探出头去，又一次凝睇着那条孕育他的街道：它哀伤蜿蜒，尽头原是犹太人的公墓，而今却化为乌有。

他趴在窗边，思考他的生活像什么。什么也不像，因为那不是生活。即便是，也似他儿时的冬日，虚假之物四处得胜：闪烁的灯光、锁闭的房间、伤痛的怒火……他蓦然回神，再次望着眼前的小街与从早到晚灯火通明的地下商场——它伏在高墙的暗影里，有阳台凸挺出来，用污浊的灰浆涂抹，又勾出涡旋与纹章的形廓。此时的他自觉成了光圈全开的相机：静默，凝神，除便携者外心无旁骛——他只怕无法与朋友们重逢。

他的专注——直教人想起伏尔泰酒馆对面露台上的贝尔塔·博卡多——为他带来了好运；说到底，也许这也是典型的项狄态度。刹那间，他在对过窗户捕捉到一个刮胡子的人影，当即认出这是布莱斯·桑德拉尔，就下榻在柏拉斯夫人的客店。为了打招呼，欣喜的梅林克跳起了非洲舞；桑德拉尔注意到了，也弄脏剃须膏，将整张脸抹成了黑色。梅林克挥起一尊乌木神像；桑德拉尔则比对面更加疯狂——他不知从哪儿变出两面手鼓，让这条布拉格犹太区的曲折小径登时化为刚果郊野。

他们很快联系上了丽塔·马露：这位黑白混血的古巴影星就住在街角的旅店，正从窗口审度着一位全黑装束（礼帽、西服、领带、墨镜、黑皮鞋）、正喊着她名字的古怪路人。呼唤长久回荡在幽穴般的小径，女演员从波希米亚水晶的反射里窥见桑德拉尔与梅林克之间黑人式的交流，于是吹起一首哈巴涅拉舞曲。两位项狄当下截获了她的口哨，当然还有那位怪异的路人——他已拿掉墨镜，脱下礼帽，原来是黑佣维西利奥。

相认的三人挥起各自的黑帽，夜晚将至，

在新近开始的昏暗中,来自未来项狄狂野部落的遥远锣声威震四方;非洲古老的传说融入了便携者,感谢布莱斯·桑德拉尔的《黑人选集》——就在跳起帽子舞的瞬间,他灵光一闪。

这将是本伪造的文集。桑德拉尔计划编纂的这本书假装取自非洲民间传说,实际上是他对布拉格重聚时项狄们讲述的故事的私人解读。

认识桑德拉尔的人不会对此事过分惊讶;他常常不听人把故事讲完,仅撷取其中的三两词句,在它们基础上随意发挥,补出与当下别人所说完全不同的情节。

名作《黑人选集》应运而生。两年后,它于巴黎出版,推介辞为:"本选集以精炼而浓缩的参考书目(二十七页)为基础,重现了传教士与探险家向我们讲述的一系列故事,这在欧洲还属首例。"

它问世之际(巴黎,"独一无二"出版社,1927),整个法国批评界都落入了圈套,无人幸免。他们称其为"普罗大众认识非洲民间传说的首次机会",尽管人们读到的只是桑德拉尔用他从便携友人那儿听来的只言片语捏造的非洲文学。他的欺诳骗过了所有人的眼睛,不久后它便有了西语版——译者竟是鼎鼎大名的曼努埃尔·阿萨尼亚。

十足的欺骗。打个比方,众人热议的短篇《死者与月亮》,被作者归类为桑德部落传奇(曾于四十年代被拉康详尽研究),其实是他从布拉格相聚当晚丽塔·马露的话中摘出的两个词——"月"与"死"——联想杂糅后的产物。

当时丽塔·马露说的是,月圆了。过了会儿她又坦承,这些天她觉得自己不太正常,温度那么高还打寒战,就像有死一般的凉气降临在布拉格。

月与死。桑德拉尔截下了这两个词;当丽塔·马露讲完,他便将她无心插柳的成果回馈她。那会儿丽塔·马露、梅林克和黑人维西利奥还在就反对长篇开展议论,说要写就写短的:片段、序言、附录、脚注……他们暂停探讨,只为听桑德拉尔述说那个即将成为《黑人选集》开篇的故事:

> 一位老人见月光泼洒在死者身上,便召来动物们,问:
>
> "勇士,你们有谁愿将这死者与月亮渡到河对岸去?"
>
> 两只乌龟毛遂自荐:第一只有长长的腿,背起月亮,安然抵达;另一只腿短,背起死者,淹死在半途。
>
> 于是死去的月每日重现,死去的人永不复返。

为故事画上句号的是沃尔塔瓦河破冰的炸响。沉醉的梅林克闭上双目,谛听桑德拉尔的讲述,而当结局来临,他却再难以睁眼。一张张人脸列队经过，留下死者的面具——他的祖先：头发短直的，有面纹与鬈发的，假发及肩而刘海弯曲的，穿越世纪来到他的面前：他们的容貌越来越熟悉，融聚成最后一张脸：魔像，它截断了那条先祖之链。黑暗化作无尽的虚空，人类之母悬停在它的正中点。

当梅林克终于得以张眼，他将适才所见飨予众人，桑德拉尔只记住最后一句（"人类之母"），便以之为题编出了文集的第二个故事，并将它记在莫西族头上：

> 三个男人到乌安德面前陈述自己的需求。第一个说：我要一匹马。第二个说：我要几条能到密林打猎的狗。第三个说：我要个女人服侍我。
>
> 乌安德满足了他们，给第一个一匹马，给第二个几条狗，给第三个他要的女人。
>
> 三个男人走了，但突如其来的一场倾

盆大雨将他们困在树丛中三天三夜，是那女人为大家烹煮食物。男人说：我们回乌安德那儿去吧。这次所有人都要了女人。于是乌安德把马变成女人，把狗也变成女人。男人走了。可是，从马变来的女人贪吃，从狗变来的女人恶毒，只有最初的女人，乌安德送给第三人的那个，慈爱善良：她便是人类之母。

桑德拉尔将此传说暗记于心，因为当时不便说予诸生：他构思完毕时恰巧有人叫门，萨尔瓦多·达利进来，难掩兴奋。在他身旁还有两位意欲加入秘社的捷克青年诗人：奈兹瓦尔与泰格。从不容调和的炫目外表看，这两位诗人应属朝气蓬勃的光棍机器。他们的双眼就像发光的旅行箱，不带一丝分量。

当黑人维西利奥先于众人提到，无法直视这两个捷克人的瞳孔，因为它们太亮了时，泰格连忙表示，确实如此，但也很好解释：他们的眼睛是对灯泡发明者爱迪生的永恒致敬。随后他将话茬转给同伴奈兹瓦尔，后者强调，从那刻起，女人新的性诱惑将来自她们可能动用的光能源，换句话说，她们对肉体与光谱的理解能力。光的女性，他概括说，即可拆卸的女性。

泰格重夺话权，自夸是个出类拔萃的项狄，掌握着关于奥德拉代克魔像的便携式秘密。他提到布拉格少有的热天，谈到城里出现了奇异生物，总在沉睡时悄然行动，让人不至于发现时而从它们身上源起的虚假而充满敌意的生活，只等布拉格的夜雾笼罩街巷，遮掩着它们静默而近乎无法察觉的摇摆以及如丧尸的泡沫状皮肤般晦暗的身形。这些魔像，他总结道，也有自己的布加勒斯蒂：发端于罗马尼亚的生物，德拉库拉伯爵的穷亲戚，奥德拉代克魔像的追猎者——二者势不两立。

桑德拉尔以他的方式——也就是说，心不在焉地——听完两位捷克诗人的发言后，将一杯加冰的香蒂酒拿给奈兹瓦尔，同时把他以"可拆卸的女性"为蓝本创作的祖鲁传说《黑鬼灵①》讲给他听：

> 那时风还是个人，具体来说，是个黑女鬼灵。她变身为有翼的动物，因她已不能如先前那样行走；总之，她靠飞的，住在山里。她飞啊飞。从前她是个黑鬼灵；杀传教士。她成了有翼的动物，飞啊飞，住在山上的岩洞里。她睡在里面；她醒的早，便出去；她飞得很远；她飞得更远。她回家，因为需要补充食物。她吃，还吃，还吃；她回家；再次回到那里，睡去。

---

① 西班牙语中"espectral"兼有"光谱的"与"鬼灵的"的释义，与上文奈兹瓦尔的话对应。

桑德拉尔称，泰格的话他一个字都不信，但并不妨碍他将它促成文集的第四个故事，巴布亚传说《丧尸的泡沫状皮肤》。他正要开讲，所有人异口同声叫他改天——他们已经等不及要上街寻找秘社成员了。

他们从犹太区的酒馆开始捕捞，但一无所获。于是他们取道乡野，步入一片旧坟场：高矮墓碑组成的乱石丛林像从潮湿的泥土中生长出来，覆着阴沉的叶片，试与野草比高。几只昏鸦将枯树据为己有，聒噪着，又添了几分哀伤。他们看见坟堆后有家破败的酒吧亮着——日什科夫酒馆。在那邋遢的巢穴中，有人说起一个外国佬，就像一台舞蹈机器，总在地下室里自顾自地跳。单凭以上描述，大家不约而同地觉得这是阿莱斯特·克劳利，于是问老板如何才能见到此人。

店主推开一扇带圆拱的窄门，众人拾级而

下，左右遍是闪烁的碎晶。每两步就有一盏灯为项狄们引路，当他们终于到达底层时，空间开阔起来，闷热躁动的空气直教人忆起非洲中心。

就这样无言地走了两三百米。侧壁时常中断，分出叉路，而后变换成另一种颜色的水晶。当他们临近克劳利的舞场，发觉水晶分泌起一种黑色汁液，偶尔还会溅到脸上。最终，他们见到了那个正在舞蹈的或然的项狄。

是克劳利无疑。他选择了一处用橙色铬晶装点的瑰丽之地，够宽够高，还有蜂鸟与热带植物。他正在练习蛇舞，一种仅用下半身——从胯部到脚趾尖——表演的舞蹈，不需身体其他部分参与。

是克劳利，自从来到地下，被水晶中淌出的液体浸染，他成了个黑人，能用至少十五种方式转动髋骨，连真正的黑人都望尘莫及。

便携者中有人惊呼起来。桑德拉尔截取了

其中两条,他静观着混乱的末章——全体项狄周身乌黑地逃出酒馆——用那两声赞叹为文集编出了另一个短篇:《班图人的传说》,其中他这样定义黑人:"为奴的灵魂,冲动而天真,甜美善舞,热衷破坏,以其智慧在一个个幸福的故事中凝练展示了他们光辉的经历。"

幸福的故事,恰如布莱斯·桑德拉尔在他伪撰的《黑人选集》中收录的其他那些。这本冲动而天真、光辉而热衷破坏的书只用了他不过五天,这也是项狄们恢复组织的确切时间,他们化身为非洲茅舍麦秆上的刻像,隐秘而热切地,重聚在布拉格崩裂的暗色冰域中。

克劳利的明信片

> 但是总有一些环节出问题:秘密会议成员中有个叛徒。
>
> ——博尔赫斯

在布拉格这儿——克劳利写给在巴黎等候消息的毕卡比亚——我们快成影子了;发疯的不止一个,说要钻过厚实的墙体;我想我们最终都将变成透明人,到了晚上才能凭借白色的舞会围巾认出彼此。

一切源于塞利纳。他深信没有叛徒的密谋什么都不是,决定亲自担负这个吃力不讨好的差事，在每次咖啡厅密会时故意提高分贝。

他仍未满足，开始写一本书——《便携式阴谋之本名》——开篇便称，古埃及人均有两个名字：人人知道的小名，以及匿影藏形的实名或大名；在提到罗马的名称亦是个秘密后，他笔锋一转，揭示我们便携式社团也有真实名号。对，就是那个你想想就哆嗦的名字。

一天傍晚，瓦莱里·拉尔博与其他五名同伴一起去旅馆看他，发现了那份手稿。为此他们还钻进了塞利纳在房间中央搭建的帐篷。义愤填膺的拉尔博警告他，别忘了昆图斯·瓦勒里乌斯的命运——共和国末期，此人因透露罗马真名被判亵渎神圣、处以极刑。

杜尚、查拉和巴列霍都在那儿，一同告诫他，这样很有可能重蹈瓦勒里乌斯的覆辙，而塞利纳对此付之一笑，只有懂得从最污浊的企图中剥离出最残忍的香气的人才会露出这般扭曲的笑容。见他此等态度，便携者们就烧了他的帐篷,连同那份手稿。

塞利纳面不改色,仿佛对他背叛者的角色十分满意。几天后,他再次出现在斯拉维亚咖啡馆,我们每天下午都聚在那儿。他是嚷嚷着进来的,身旁还有两位马德里教授,如出一辙地讨厌与黏腻:一位以乔伊斯的西语译者自居,这只会令我们感到不快,因为你知道,乔伊斯早就拒绝了我们的社团——他以为每月要交会费;另一位叫迭戈的则自称卡斯蒂利亚航海家,滔滔不绝地向我们讲授格陵兰的荒凉海湾与北极附近的几处平静水域。相信我,他们真招人烦。

一连几个糟糕的日子,这两个教授粘着我们,与叛徒狼狈为奸,无论是在布拉格还是在那些绝顶隐秘之地,不停地向我们挑衅。真不知该如何除掉这对活宝教授,他们分明就是间谍。这让我们中的许多人宁可化身幽灵或是隐形人,也迫使我们的大部队向位于城郊的国际疗养院秘密进发：我正从这里给你写信。

在这儿，远离背叛者与他的跟班，我们的创造力顿时高涨。多谢叛徒的努力；同样要感谢热情的疗养院院主兼院长，我们叫他马里昂巴先生，因为他不想向任何人透露真名。

我不觉得你会想认识马里昂巴。这是个每次见面他都穿着新衣服的男人。他不善交流，倒是特别爱讲。一把精心修饰的大胡子让他更显魁梧。他只吃凝乳、焗饭和奶油香蕉片。他极似女性，滑腻的举止下却隐藏着与薄脚板、长指甲、木讷的眼神和恬静的微笑全然不符的暴脾气。

学术、世俗、雄辩——他出没于各类国际会议，由医护人员护送。在他的亲自指导下，在体操比赛中折桂的往往都是他的护工。马里昂巴就是这么个爱出风头的人，孜孜不倦地写着毫不便携且满载平庸思想的厚书——尽管如此，这些大部头甫一问世，就被译成各种语言。

他的大名屡见报端，可以预见的是，随着他新业务——卡夫卡股份有限公司的成立，其名望也将更显卓著。

马里昂巴爱财。据我所知，几年前，他绑来了他的老婆——一个驼背畸形的犹太千金；这为他带来了数以百万计的嫁妆，并且兴建了这座国际疗养院。但不管他再怎么嗜钱如命，我们住在这儿是完全免费的，只需偶尔出点小力，给他讲个段子，或只要起个头让他有机会说说那些蠢话，马里昂巴就心满意足了。

完完全全的蠢货，但他的慷慨对我们十分重要。瓦尔特·本雅明就在他的荫庇下设计起一台欢快的称书机，能够侦测任何沉重、累赘、连微缩后都放不进旅行箱的书籍。

这是一台异常复杂的机器，配有一系列坦率地说我毫不熟悉的器件：金镜、聚焦室、铜圈、椭圆柱、金属按键、金属罩、磁针、螺钉、颈线。

本雅明确信自己在一个月内就能完成设计。初看去，称重方法应该是：将书置入一间柱形监控室，由一块巨大的触镜对其进行观察，确认属于便携的，会立即通过黑色管柱——它看上去挺沉的，与地面垂直，顶端有一个球形灯泡，上书"反对宏大"，灯泡发着蓝光，即使白天也能看得煞清。机器的震动会让灯光熄灭几毫秒，足证灯泡无色，光本身是蓝的。与此同时，那道光还会在机器顶部用二十七种语言——如果可能的话——打出"维米尔万岁"字样，向新近获释的便携书刊致意。

此外我得知，特里斯唐·查拉已在着手编写一本便携式文学简史：据称，该文学类型的特点在于它不注重叙述的结构，只呈现生活的艺术。从某种意义上说，它不只是文学，更是生活。查拉认为，他的书是对历史的真实性与小说文本的历史隐喻性同时存疑之人唯一可能的叙述。该书对项狄的生活习俗进行速写，手法比小说通常采用的更别出心裁；查拉意欲绘出一幅幻想的肖像——这样的文学想象，在怪异中潜藏着反思，在矫饰中隐匿着企图。

还应告诉你，贝尔塔·博卡多突发奇想，正试图写作一本纯粹的书，书中之书；作为柏拉图式的典范，该作品须包容世间一切，并将流芳百世。正如以往一样，她又跑题了，因为那本书无论如何都没法便携。

实际上，我们都在行动。比起听着就像绣花枕头的"艺术家"，我们更似工匠，换句话说，是做东西的人。活跃的创造力在国际疗养院中飞舞。我们极少相见，匠人总是守着孤独，但时不时吹起的寒风也会将所有人汇拢到内院，我们微笑着，取暖，交换心照不宣的眼神。偶尔有零星词汇划破寂静，我们便如尖矛般直立起来，预备刺破暗影，飞向高处。我们并未得胜，却以静制静，我们仍在争斗：天空永不会轻看鸿鹄。

日子这样过去。院中碎语让我获知他人的

进度,例如司各特·菲茨杰拉德,他已完成那本关于盖茨比的小说:面对过去,这个男人选择迈向薄情的虚无。

乔治·安太尔还在研究他杰出的项狄音乐《机械芭蕾》,同时,他还成了画家,一位至微之物的绘图师:辫子里的发丝,袖口上的彩线,诸如此类。他与威廉·卡洛斯·威廉斯睡在一块,后者越来越不像美国人,成天守着那个由同心圆组成的转盘——每格都刻着不同的拉丁字母——指望靠它来揭开所有的奥秘。

他的旧情人乔治亚·欧姬芙仍然噱头不断,称自己漫步在无形之城的剧场,她的想象力才能生发,如地心引力一样重要,它甚至控制着她欲望的收缩与扩张。

贡布罗维奇在撰写他的处女作,关于一位舞者的荒唐故事,这像是一本极其简短、破碎、乖谬的书——在他眼中,则是无与伦比。

你亲爱的杜尚正在拟写一篇杂文,探讨的

是迷你化作为虚构方法的可能。此前他曾有意讨论歌德的《新美露西娜》(收录于《威廉·迈斯特》),此文应是该计划的延续。《新美露西娜》写的是一名男子爱上一位暂获常人体格的袖珍女子的故事。男子随身携带的提盒里有个微缩王国,女子正是该国公主,而男子对此全无所知。歌德故事中,世界被缩小成了一个可收藏的东西,是纯粹的物件;和《新美露西娜》中的盒子一样,书籍也不仅是世界的组成部分,而是自成一个小宇宙。对杜尚而言,书本好比读者所居世界的微缩版。

如你所见,除博卡多之外,我们每个人都投入到了激进、狂乱而绝望的便携项目中。连萨维尼奥,十分推崇便携的人(虽然时常怠惰),也不停忙活着,忙于一个异常具有项狄做派的庞大计划:他感觉市面上的百科全书全都不入法眼,正编纂着他自己的那本,仅供个人使用。我想他做得对;不满前人先著的叔本华也为自己编写过哲学史。

我越来越清楚地觉得,我们便携者来到世界,为的是表达本性最隐秘的那一面。这使我们区别于同代人。我们与时代精神、与侵扰现世而又赋予它基调与性格的潜藏的问题紧紧相连。从表面看我们总像人格分裂,我们同时代表了新与旧,扎根于我们如此关切的明天。我们有两种节奏、两张脸孔、双重表现。我们与转折和流动与融为一体。作为新风潮的智者,我们的语言矛盾、无序、错乱。矛盾有如这张正在飞抵目的地的明信片:它只是想告诉你我们的创作热情、我们对简短文学的恒久热爱;它颂扬通畅的文字,谴责书本普遍的浮夸姿态。

述及我们本性最不为人知的一面,兰波亦曾在他令人难忘的诗句中提到那个艰蚀的秘密:

无嘴的七头蛇

在心中乱窜 ①

这毒蛇侵扰着他，也折磨着我们，我们倍感煎熬，以至疯癫。

最后，破解这个吧，亲爱的火流星：国际疗养院的生活好比白雪般甜蜜的谋杀：尊贵如丝绸般的白夜里，冰冷的毒素弥盖了寒冰的哀伤。

流浪、游荡并消逝在临别前的空虚踌躇中的人会再度致信予你。②

---

① 摘自王以培译《渴的喜剧》。
② 若有读者好奇如此大段的文字何以誊写在一张明信片上，我想说，阿莱斯特·克劳利使用了一种极小的字体，将上述所有话语填进了明信片背面的布拉格照片里，达成了微缩书写这一古老的项狄野心。但该文最值得注意的一点却是，七头蛇——便携社团秘而不宣的真名，首次出现在了一份文本里。这立刻引起了毕卡比亚的戒备：如果真有叛徒，那人不是塞利纳，而应是克劳利。——作者原注

成天窝在躺椅里

毕卡比亚不应对克劳利的明信片太过警觉，因为说实在的，叛徒的文字不如想象得那么危险，此外，如果仔细想想，它揭发的内容也并没有什么可担心的，国际疗养院里的许多项狄已经醒悟，便携式密谋迟早要消失，这是生命常态，况且这本是求之不得的事，因为如此一来，密谋就成了对以迅雷不及掩耳之势出现并消失的事物的无上礼赞。

杜尚就是这么劝说毕卡比亚的，他在疗养院收到后者来信，得知了叛徒的存在。他回信说，克劳利的明信片是故意而为，骨子里透着项狄气息。

确实，明信片中体现了高尚的关怀，期望便携者们能够勉力不辍，这一点太项狄了，因为除去某些格外懒散的时段，便携者们都是无比繁忙的，尤其愿意工作，经营自己不知疲倦的艺术生活。他们的许多文章甚至包含着描述工作配方的诡异段落——最佳环境、时机、必需用具。而项狄之间存在的普遍共性之一——无论是书面还是口头——即是记录现有工作、叙述它们、确认它们。

项狄们的收藏本能对他们大有裨益。学习是收藏的一种形式，他们在随身携带的笔记本里积累着日常阅读时的选录与摘抄，时常在咖啡馆举行的密谋者集会中当众朗读。思考之于他们也是一种收集，至少在早期；他们事无巨细地记下自己离奇的想法，在给朋友的信中进行迷你实验，复写未来计划，记录梦境，制作所有读过的便携式书目。

但这些快乐、反复、错乱的项狄怎么成了意志力的巨人？我觉得，只因工作化身为毒品，成了一种强迫。"思想是极佳的麻醉剂。"瓦尔特·本雅明这样写道。

需要孤独也为孤独所苦，这是项狄——快乐而善变的工作者们的普遍特征。为了长久工作，他们必须保持独身，至少不能掺进什么长期关系。他们对婚姻的反感在许多文章里看得出。他们的英雄——波德莱尔、卡夫卡、鲁塞尔——毕生未娶。某些项狄，尽管还如光棍机器般运行，却结了婚，最终都将其视为"毁灭性的错误"。对光棍机器来说，自然与自然关系的世界全无诱惑。他们大都厌恶孩子。瓦尔特·德·拉梅尔甚至将他的儿子从窗口扔了出去，随后写道，在他看来，自然以家庭纽带的形式出现，引入了伪主观、感情用事的东西——瓦尔特·德·拉·梅尔的原话——"这是意志、独立、自由的丧失，让人难以在工作时聚精会神。"

项狄的做事风格是沉浸式的,埋头苦干。"若不潜下去,注意力就飘远了。"胡安·格里斯曾写下这样的句子。这从某种角度解释了他们为什么在"动物园站"——一艘静止的潜艇——驻扎下来,以寻找工作中的专注与浸没感。但专注也有风险,看到这些难以和双重自我共处的人为了工作与世隔绝,奥德拉代克、魔像、布加勒斯蒂与形形色色喜爱占据人孤寂时刻的生物齐齐拥了出来。

这就是在项狄们身上发生的事,连在国际疗养院时他们都没能逃过这些家伙的侵袭——俨然七头蛇的平行密谋——最终他们决定前往的里雅斯特,想当然地觉得追踪者会迷失在地中海之滨:比起亚得里亚海岸的澄蓝,这些生物应该更喜欢待在捷克的迷雾里。但项狄们并未掌握的里雅斯特经久不散的浓雾的奥秘,在此度过一段多灾多难的日子后,他们启程返回巴黎。

在的里雅斯特确认了平行密谋的存在，便携旅人们抵达巴黎时紧张得很：坐卧不宁，甚至变了形。梅林克看上去像见习海员；利特巴尔斯基换上了日本水手服；萨尔瓦多·达利无时无刻不在瞭望地平线，寻找他的莫比迪克号；丽塔·马露扮成了三桅帆船；罗伯特·瓦尔泽就像刚从战舰波特金上下来的一样。

显而易见，一派海之癫狂：拉尔博收集起迷你船模；马迪万尼王子独爱漂流瓶；波拉·尼格丽积攒着反被猎物擒住的鲸鱼的照片。染上海疯症的他们把巴黎认成了大渔村。这引起了他们与留在该城的项狄间的冲突，但很快，一切重回正轨。如果说在的里雅斯特，便携者们为艺术的懈怠与荒废定了调（无疑，这是劳作多日后的正常反应），只需固守此地的便携者流露出一星半点对休闲的肯定与赞美，的里雅斯特的便携旅人便会研究和解的可能，以求秘社再度统一。

杜尚宣称"寄生也是种艺术形式"的当日，

双方和解，是时正值穹顶餐厅举行派克拉夫特纪念晚宴——小说家赫伯特·乔治·威尔斯创造的形象，其出现早于"便携者"这个名号：失去基本体重的他生怕自己飞上天去，出门时在内衣上绑了铅片，鞋底灌了铅，手提箱里也装满了铅块。

我也提着个装满铅块的旅行箱，就在上周，去了科西嘉；我要让自己解放几天，不去想便携者们，因为我对项狄的痴迷以及每日书写便携史的努力已经成效卓著：那台奥利维蒂Lettera 35渐趋瘫痪。我想我已赚得些许休息的权利，懒散的章节总那么讨人喜欢。

但我遇到的事情实在可怕。例如，看见拿破仑的迷你像——阿雅克肖正是这位英雄的故乡——我便想到项狄们面对微物时的兴奋，转而记起罗伯特·瓦尔泽的自认渺小：他在一本书中把自己想象成波拿巴的步兵（"……我不再是一个人，只是庞大机器中的一个齿轮……"）

任何所见所思都会让我立即联想到——从

来无法避免——项狄世界。比方我在海边躺椅上卧着,旋即忆起便携者在的里雅斯特也是成天窝在躺椅里;不是为了调剂疲累,而是因为摆脱奥德拉代克别无他法:只有无所事事时,它们才不会在周围盘桓。

我无法忘记项狄们,概因便携亦为吾所耽溺;日夜犁过项狄之水,便携就像无边无际的大洋,与我一同前行。

最终耗尽我耐心的是一场梦魇,阿莱斯特·克劳利的的里雅斯特见闻经过些微变形出现在我的梦里。噩梦始于一出戏剧的序幕,鄙俗节目如戒律般堂而皇之地上演。而当幕布落下——上面有杜尚绘的项狄回文——演员与下流演出一同散去,我看见银闪闪的躺椅上,魔像追逐着奥德拉戴克,后者则紧随划独木舟的致命女郎,从一处沙滩到另一处沙滩,终抵一片覆有黑色油污的海,马德里教授乘坐的远洋轮缩成至小的尺寸,更像从塞瓦斯托波尔的被解剖修女之墓中爬出的布加勒斯蒂。

见奥德拉戴克、魔像、致命女郎、布加勒斯蒂、修女与马德里教授纷纷黏上肩头，我骤然惊醒。我望着镜子，释怀地发现自己不是克劳利，而是项狄秘社的一名研究者。不，我不是克劳利：我上百遍地重复着，而后决定，即日返回巴塞罗那：为了忘记项狄世界而付出诸多努力的我需要休息。

于是我回归我的简史，或贱史，随你们称呼。阿莱斯特·克劳利在他的的里雅斯特札记《布加勒斯蒂》中，假借对该种生物的研究，无情且乐此不疲地对便携者们加以指摘，尽管未曾直呼其名，而是神秘地称之为博卡安赫尔①。

---

① "这个世界，风的共和国／因君王而招致意外。"出自西班牙诗人加布里埃尔·博卡安赫尔（1603—1658）的十四行诗。我写罢此书时，毕卡比亚与杰曼·埃费琳之女提醒我，"博卡安赫尔"或在暗指西班牙诗人的上述诗句，据她称，项狄们曾多次用"我们风的共和国"指代短命的便携式运动。——作者原注

这是本无比招恨的书,全书二十七章里,阿莱斯特·克劳利用二十七种方式不厌其烦地描述着博卡安赫尔们如何成天趴在躺椅上;此外他还说,自己就快撑不住了,附在肩头的那个绝非幻象的粘人部落让他走路直晃。此书像是专为愚弄那些欲从书中觅到便携者在边城的里亚斯特的点滴的人而写的,随手挑一段即可为证:

"的里雅斯特省城如演出的舞台。我怀着不快写下这些,沿水渠漫步,与最不像博卡安赫尔的伊塔洛·斯维沃打了招呼。晴冷的下午,万里无云,虽然东南风一早便来势汹汹。痨病般的狂欢以午后首场假面舞会起始,似也敌不过湿冷的天气。这是卑下者的欢宴,我的同游、亲爱的博卡安赫尔们对此不屑一顾。他们独爱躺椅。莫测的天气,悲伤的的里雅斯特,我本应感觉快乐,却不适时地发现,每个奥德拉代克都会遭遇它的魔像,而每个魔像都会与它的布加勒斯蒂相逢——在此重申,这种来自罗马尼亚的可怖微物从不放过他的宿主。我本应感觉快乐,却见我的奥德拉代克在魔像的陪伴下——后者身上伏着布加勒斯蒂——于我左肩常驻,而在右肩头,我的致命女郎和一位名为贝加莫①的马德里教授正努力作为衡重物维护我的平衡。即便如此,我仍不停晃动。黑棉西装(智慧的颜色,所有现存色彩的总和)别致的肩饰也无法掩盖落在我胛骨的分量——那天我一闪念走上这段旅程,矛盾的是,若非面对重重困难,有压在肩头的无耻生物阻碍前行,旅途本身又什么都不是。"

---

① 或指何塞·波尔加明,也可能在致敬沃尔特·德·拉·梅尔于卡普里镇所著传记《贝加莫》:该书虚构了一名项狄的生活,与其他便携者一样,他厌恶个人痕迹、易辨识的风格、不可调动的艺术语汇,如夏加尔、贾科梅蒂、克洛岱尔或托马斯·曼——特举四个毫不便携的艺术家为例。——作者原注

读克劳利的人无一刻不在惊讶：有那么多放肆的布加勒斯蒂，那么多诡计的交火。但若将他的文本与瓦尔特·本雅明（《欧洲知识界之最后一景》）、曼·雷（《与丽塔·马露一起旅行》）或特里斯唐·查拉相对照，我们可以看到，这三人的大部分描述都与克劳利一致。

而曼·雷的记述则是："自从来到的里雅斯特，最令我们烦闷的不是那些奥德拉代克，而是它们的确存在。所以我们才窝在躺椅里——多快乐呵，回到童年，再次发现无纪律的乐趣！——我们想方设法少活动，因为一个无情的事实正徐徐彰显：此行笼罩着平行密谋的阴影；它宛若幻觉，又可被感知，主使是非人的生物；与我们不同，其阴谋有明确的目的：摧毁项狄秘社。这些非母生的怪物，它们可以住在阁楼、台阶、走廊、大堂、我们肩上，甚至脑中。"

而在莫里斯·布朗肖看来——他在《失足》

中简要分析过便携式现象——曼·雷所谓的怪物也许只是事物在遗忘中呈现的形态；它们换了面貌，变得难以辨认，但仍与我们同行，在身边伺机暗算；居于荒弃之地的它们有时会侵入大脑，在绝对的静默中集结成群（"无声的伏兵，"——我们在《项狄传》中读到——"正窥伺着那些曾以为自己是唯一伏兵的人。"）。

但依我看，同样存在一种假设：这些便携者脑中的幽灵只是他们虚构的产物。总之毋庸置疑的是，没有哪位便携者否认平行密谋，这也证明，他们赞赏这种艺术的潜在要求，即：艺术家在掌握如何使人惊异的同时，亦应懂得在事实面前——它无须具备可能性——感到惊喜。

我们只需看看特里斯唐·查拉就明白了，他在《简略式文学便携史》一书中确认了平行密谋的存在："我们离开布拉格，来到我们自以为能让不懈追踪者迷失方向的地中海，然而恣肆的它们甚至比我们更早抵达的里雅斯特。它们乘坐的一定是以太，只有这样才能比高速列车更快。它们的密谋舞蹈在阶梯高处，而肩膀，仿佛一点点卸下我们的体重，不断离散，成为身体边缘的胶肿。我们口中有形似冰喉的东西，就是这个名字，冰喉，我们如此称呼近旁的无名阴谋——它不止一次化作《亚瑟·戈登·皮姆》的恐怖末页中纯白如雪的影子形象……"

他们离开的里雅斯特前往巴黎，自信在当地便携者的协助下能轻而易举地结果冰喉，但纯白如雪的密谋以火之奥术扼住了巴黎秘社，逼得好些项狄做出了遁入水下的决定；他们在动物园站潜艇中重启创作，而将怠惰之章的短暂星火——文学假日的躺椅——抛在脑后。

动物园火车站

仅有两份文本提到过项狄们在马迪万尼王子租来的潜艇中的生活。一份由王子本人撰写，不足信，通篇是谬妄的胡话，努力描述着一次通往世界尽头的潜艇之旅，可"动物园站"是静止的，也没法从布列塔尼的迪纳尔港开走，它不过是一件战争的古董、"一战"的遗骸，在被马迪万尼王子租借之前曾充作中餐厅。反观另一份文本——画家保罗·克利的日志，则要可信得多，尽管结尾部分有些脱线，流于抒情，反而让史实部分黯淡不少。

如前所述，马迪万尼纯粹是在胡诌，不知

是为了吸引读者,还是仅仅想让自己的投资有所收益,但不管怎样,事实就是,王子编造了一段妙趣横生、但从任何角度来说都绝无可能的冒险之旅——这段旅程开始于桑给巴尔,于永无之海告终。这里给出马迪万尼王子谵妄的一则著名而简短的例子:"我们在月光下向巴尔博亚航行,迎着退却的潮汐,云层如鲐鱼之刺、模糊的赫拉克勒斯、绛色之霞,叫失神的旅者心生畏惧。巴拿马海岸仿佛威尔士。"

至于保罗·克利,应当感谢他兢兢业业的叙述,原谅他文末的偏航——诗兴攫住了他。此外,多亏他到文末部分才偏离航道,我们几已获知关于"动物园站"我们想要了解的一切。再者,其脱轨片段如此优美,我愿相信他笔下的每一个字,譬如可怜的死神到访潜艇……

克利在《日志》开篇便解释了潜艇名称的由来。他告诉我们,在当时的柏林,最著名的汇合地点就是动物园火车站;无论什么时段,在堪称该处地标的大钟下总能看见等待朋友或爱侣的人。对马迪万尼王子来说,用"动物园火车站"命名他的老潜艇最恰当,因为在柏林那座大钟(由一家名为"愚人船"的公司于苏黎世制造)下,他曾不止一次等候过一位致命女郎——正是她将王子变成了倒霉鬼,逼他做出了租用抛锚潜艇供便携友人娱乐的决定。

另一方面,"动物园"一词让人联想到挪亚方舟,这艘潜艇与之如此肖似,因为从未有那么多种便携式野兽汇于一处。除维也纳集会的故交外,于最后一刻登船的还有玛丽安·穆尔、西里尔·康诺利、卡拉·奥兰格、埃兹拉·庞德、约瑟芬·贝克、雅各布·苏雷达、珠宝匠罗萨内斯、埃立克·冯·斯特劳亨与奥西普·曼德尔施塔姆等各路奇人,外加一位古怪的船长,自称名为迈索隆吉,实际就是罗伯特·瓦尔泽——在疯狂边缘行走多年,终于跌入了痴呆的深谷。

"这个迈索隆吉,"保罗·克利写道,"穿着皮里子的立领外套,一顶蓝帽子,壮得连侧身都会卡在舱口;他总跟那些他认准是码头工的人着急,用听不懂的语言对他们叱令怒吼。"

他认定的码头工其实是几位英国诗人——罗萨内斯的同伴、波德莱尔诗歌的崇拜者,负责维护澳门厅的正常运作。这是个抽大烟的地方,模仿的是被洗劫的挪威皇宫,与木偶剧场并称"动物园站"两大诱惑。

澳门厅由一座从中国运来的巨型罗盘引领,见证了丽塔·马露与卡拉·奥兰格之间的不快;得知马露也爱恋着毕卡比亚,奥兰格趁其迷醉时剃净了她的头发,给她留下个光秃秃的脑袋。这是场极其恶劣的丑闻,可有人还嫌事不够大:暗恋奥兰格的马克斯·恩斯特进入了暂时性疯癫,他致信西班牙国王阿方索十三世,称愿为他与约瑟芬·贝克牵线搭桥,同时诚邀他加入"一个秘密社团,便携式的域界,致力于语言中开出一片想象的沙滩,其秘钥就在游戏之间"。亨利·米肖及时截留了那封信,并以述说项狄式疯狂——在海底开启一场静止之旅——的方式令马克斯·恩斯特冷静下来。

米肖确信,沉入迪纳尔深海的行为应理解为向下求索,而向下就意味着拔除根基、凿穿依托;在他看来,当真正身处下方时,我们将失去参照点;放胆探底的人会发现,上方的成了荫蔽的,而封闭(如"动物园站")中的开放则拥有遥远的不确定性。

但是并非所有项狄在沉入鸦片室时都会悟到于深处开启的际会与远景。对许多人而言,这只是向海底烟室发起的一次异域情调的下潜而已,没那么多讲究;他们甚至觉得,这移动是出于下意识的,(可)与便携式的情感完美耦合,同时——相当矛盾地——还能延续项狄之旅:他们只需在下面待着就能收复在上头时的全部活力。

"那些日子里,"保罗·克利告诉我们,"烟雾缭绕、激情四射。有了预先的号令,没有哪个项狄在进入'动物园站'时会忘带手杖。塞萨尔·巴列霍那根最为出众:桃花心木的,从某一高度翘凸出来,仿佛两粒乳头。它仍是根拐杖,但在那一处却倏地女性化了。我们如此珍爱它,以至于将它和澳门厅的钢琴一起画进了项狄纹章。"

手杖与钢琴也成了塞萨尔·巴列霍一首诗歌的主角,这是他在"动物园站"时写的,直至今日仍被看作一段极其深奥的文字,实际只是对便携式鸦片向下向内的静止之旅的清晰而诱人的效仿:

"这手杖是钢琴向内旅行 / 向下 / 欢乐蹦跳。/ 然后在包铁的宁静中沉思 / 固守十方。/ 前进。匍匐在隧道下 / 更远,在痛苦的隧道下 / 在自然逃逸的椎骨下。/ 也曾行进的是他的号角 / 黄色缓慢的生存渴望 / 走向消失 / 除去自己昆虫的噩梦／它们已为雷鸣而死，创世纪的传令官。／暗色的钢琴，你在监视谁，／用你倾听我的聋，／震聋我的哑？／啊，神秘的脉搏。"

柯莱特、科克托、瓦雷兹、安太尔——四人总是严格按此顺序惆怅地弹起澳门厅的钢琴；这里二十四小时熙来攘往。而当安太尔恋上了波拉·尼格丽，他不得不被埃里克·萨蒂所替换——在征服致命女郎的热望驱使下，安太尔研究起海洋学：套上潜水服下探深海，为未知软体动物编目，诸如此类，只为引起那位女性的注意。

波拉·尼格丽最初对这位积极主动的音乐家爱搭不理，后来见他病了，也就心软了；这会儿她记起了自己致命女郎的身份，开始在他病床前调情。一连几天，他们在澳门厅里同榻而卧，直到那天傍晚，他陡然发现，原来她也患着种怪病。她的确是个病人，她不懂爱；而水在徐徐夺去她的生命。这也让便携者们明白，不止他们,致命女郎也背负着凄惨的命运。于秘社凋敝垂死之时发现这种病症——揭示着水、虚无与死亡临在的奇疾,乔治·安太尔显然大受震动,他说:"多稀罕呵,死去的女人。"

因水而死,若是我的话会加上这个,模仿T·S·艾略特和他向离去的波拉·尼格丽致敬的诗句①。从(大海与心灵)深处,所有人都对她的死亡怀有敬意,就像所有人都不会察觉不到,奥德拉代克同样罹患那种恶疾。在一次鸦片引发的幻觉中,保罗·克利称,他看见自己的奥德拉代克从床榻飞起,包裹在一团紫色的烟云里;它遁出"动物园站",游向圣马洛,坐在夏多布里昂的坟头;在那儿,在灰泥墙上画着的蓝色船锚下,它望着来来去去的帆影,从兜里掏出左轮,塞进口中,扣动扳机。"很长一

---

① The Shady Shandy(阴郁的项狄)。西语版收录在一九六七年于巴塞罗那出版的《奥克诺斯选集》中,译者为海梅·希尔·德·别德马。——作者原注

段时间,"保罗·克利写道,"奥德拉代克仍看着那座坟墓、帆船、海波粼粼。但此后,所有的一切,连同他自己,都消散在布列塔尼的日落里。"

这个故事也和其他许多故事一样被搬上了潜艇中马拉巴尔厅的木偶戏台。项狄们都记得歌德《威廉·迈斯特》的著名开篇,其中讲到主人公是如何通过父亲早先留给他的便携式木偶剧团与戏结缘,从而进入到这个以手演绎的奇妙世界。因此,"动物园站"不能少了木偶剧的瑰异空间。

对项狄们而言,木偶剧隐喻着不由自主的幸福的旅行者。他们以此募集着一次往返于知识之险与恩典之光的英明朝圣;他们可以不停地讲故事,这是所有旅行的快乐之本。

这些故事,有些具有特殊意义,如勒内·多马尔表演的那段,假借旧书柜之口思考文学的死亡,其演出以下面这段箴言作结。那个想成为歌剧院幽灵的傀儡说:"如果仔细想一想,只要还有人在写简信前会为如何说清楚内容斟酌几秒,文学就不会死。即便最坏的情况下,谁都不写信了,只要诗人们还能写会读,文学就不会亡。也就是说,女士们先生们:诗人不死,正因他们死了。"

死亡、死亡的语言、语言和语言的死亡是马拉巴尔厅最常见的表演题材。当雅克·瑞冈特于巴勒莫自戕的消息传到便携者们耳中,由乔治亚·欧姬芙出演的瑞冈特之死便成了他们最钟爱的桥段。

那是场冷酷无情的戏,舞台上的瑞冈特妄语着,拖着如木排般的褥子,于死神面前怪诞地蹬着腿。令人不适,极度不公:它激起了一些反对之声,其中尤以费德里科·加西亚·洛尔迦为甚。与瑞冈特素昧平生的他决定站出来,"动物园站"最美的一出木偶剧从此诞生。

加西亚·洛尔迦将地点从巴勒莫搬到了格

拉纳达，具体地说是阿尔罕布拉大酒店。一副安达卢西亚白脸的瑞冈特清醒地迎接死亡，见药丸们跳起悲剧的跺脚舞，放出的蓝色冷光令所有观众睁不开眼。巴比妥式的死之炫舞后，洛尔迦设计的电机粉墨登场，一启动便吹出令人寒毛直竖的风。当人们只顾着寻找大衣时，幕布落下，上头有洛尔迦所绘的无尽沙道，而在近景沙道起始处，有个苏丹人偶——一头纷乱灰发的女乞丐，边唱《今夜无人入睡》边占着卦，昭告着项狄密谋的黑色明天。

另一出有趣戏码则来自斯蒂凡·泽尼特，他将人偶打造成变脸演员，简短精巧地演绎着项狄中的精选人物，每演完一幕便飞快切到下一种装扮，俨然弗雷格利综合征的重度患者。每人的传记只用六七个场景，因为生命——很遗憾——就不过这些。

历经数次神速易容，紧接着是终幕，所有人殊途同归：一具骷髅手执镰刀，仿佛没在寻觅它要谋害的对象,却从心底知道,只要走着就会遇见——那便是便携者的短暂生命被连根收割的瞬间。

此类场面从不缺掌声——屈从而悲戚。若有什么在"动物园站"显明了,那就是:项狄密谋会在任何时刻进入残年,死神已在收紧它的包围圈。

困窘无凭的死神。"它飞入潜艇,"克利评曰,"却被吓得跑了出去。它逃往陆地,踩着布列塔尼震颤的岩石小径。"我们来到克利圣典的尾声,在此,他不愿给出不动之旅终结的确切原因,却用圣像画般的诗意语言告诉我们,尽管他们被死神造访,却成功吓走了它,将英雄密谋的垂死拖晚了几分。

我总愿相信保罗·克利在日志末尾写下的每一个字。我总愿相信,死神真于子夜时分以骷髅之身携镰而来,只因好奇这艘潜艇中发生着什么。有三大惊骇在等候它:一是看到"动物园站"的一切好比李维对阿尔巴隆加之殇的辉煌记述,城民们告别石墙,无目的地来到街上;二是发现海底下着雨,"泪密密地坠下,像自我的幽灵从容泛滥,佯装湮灭,空作遗忘之态,在一片理性之海;这里雨是慢的、是斜的,而散文哭着……"

至于这第三大惊骇,大到将困窘无依的死神逼退。它想起去马拉巴尔厅瞧瞧,却目睹了自己的木偶形态。只见它坐了下来——这会儿还没逃的意思——抽起大烟,汗流浃背;它像又一名观众,焦急等待终幕完结,好看看在那之后是否还有什么。

蛮横艺术

我不知他们缘何离开"动物园站",但最可能的还是厌倦,它再次将便携者们托上地面。厌倦,还有些许不安——根据在巴黎找到的一份文件可以做出这样的推断;该文件躺在克劳利故居阁楼的一个双层箱子里,发现者是下任房东爱德华·克拉克——胜家缝纫机的缔造者,热情洋溢的便携式密谋史研究员,他死于发现文件的数日之后,留下一篇名为《项狄描绘其生命的地图》的短文,似是从梦中得到的灵感:瓦尔特·本雅明曾经想要绘制生命地图,克拉克的梦境正是由此展开。

本雅明所想象的地图是灰色的,十分便携,他甚至设计了一套色彩符号,用以标记项狄友人的家、举行集会的咖啡馆和书店、一夜旅社、欧洲图书馆的地下之光、通往各大学派的路,以及日渐饱和的墓园。

"迷失于城市,"本雅明写道,"就像迷失于丛林,都需要研习……我很晚才懂得这个道理,也圆了我一个梦,我吸墨纸笔记本上的迷宫便是它最早的踪迹。不,并非最早,因为在此之前就有可溯之物:通往迷宫的路。"

我觉得,密谋者去往迷宫的路正是爱德华·克拉克文本的中心论题,而克劳利旧居阁楼双层箱子里的文件则是这个论题的理想补充。这是份讲稿,谈的是便携式作家的焦虑,最初是由布鲁诺·舒尔茨写出来的,原是想在潜艇里念诵,后来有各种迹象表明,它落到了克劳利手里——在对其略微润色后,他署上了女诗人艾尔莎·蒂拉纳①（即比利时王利奥波德二世的情人、撒旦主义者克莱奥·德·梅洛德）的大名，后又在塞维利亚文化协会举办的贡戈拉——西班牙诗坛"二七一代"的奠基人——纪念仪式上异装诵读。

在这场关于焦虑的演讲中——如前所述，这是舒尔茨的原文——克劳利掺入了揭示项狄秘社存在的句子。彻彻底底的背叛。为增强演说效果，克劳利还在会上展示了本雅明梦中地图粗制滥造的仿品。与庞大的马德里教授代表团一同混在人群里的也有不少项狄，他们对揭秘过程喜闻乐见，全不顾这与便携秘社的瓦解几无二致。所有项狄都是带着温度计来的，还伴着来自波塔提夫的黑人男女。

对于项狄们的快乐我们不应感觉惊讶，因为先前提到，他们已及时省悟：若想密谋顺利

---

① "蒂拉纳"在西班牙语中意为"暴君"。

地继续进行,首要任务就是让它从地图上消失,换句话说,要对世人眼中对以迅雷不及掩耳之势出现并消失的事物进行无上礼赞。值得注意的是,野蛮在表明自己时总要与其余事物发生关系,和他者紧密相关,它是背叛之我、喧哗之我、不朽之我的表达与展示。

悟到这些的项狄在一系列核心事项上达成了一致,如不在可见范围内延长密谋的生命。总的来说可以归结为一点,有迅捷熟练的缩略技艺。因此,他们聚在叛徒克劳利身边,任凭后者揭去他们的假面。不仅如此,他们还名副其实地推动了此事。

以下摘自蒂拉纳塞维利亚演说的几个重要片段:"我来是为了让诸位知道,我讨厌你们。尤其各位自称'二七一代',这个数字只应属于我们……""你们也看到,项狄作家都有些夸张和不可信。既可怜又可笑的是,为讲述一位便携者在桌边码字的场景,竟需要一些焦虑。这可能有些古怪，但就和'疯子必须由清醒的人来见证'是一个道理……""……焦虑让我凡事词穷；它不会窥伺我，若非我总想给这场演说找个目的……""……这个目的可以是：当着你们的面发表这番讲演，以暂时忘却自己的忧虑——这显然失败了。抑或扮作叛徒，向可敬的观众揭发项狄密谋——这显然成功了……""……事实是，我很快乐，因为便携者们再难抬头。到这一步，我已可远走高飞，带上我的葡萄牙礼帽和我内心的七头蛇。我写下这些话语，如白日画出它的形象——它对它们吹了口气，而后一去不返。"

语毕，马德里教授们掌声雷动，由于艾尔莎·蒂拉纳是马里内蒂的高徒，他们都以为这是次先锋派的演讲。但他们的鼓掌只会激怒便携者，项狄们当即决定，高声说着关于教授们的闲话：流言蜚语盛行，大肆在文化协会中散布恐慌。

埃米利奥·普拉多斯试图制止这场无节制的诽谤，他朝他觉得是野蛮人头目的那位——加西亚·洛尔迦——走了过去，向他指出，闲话可不登大雅之堂。搭着黑美人肩膀的洛尔迦瞟了他一眼，反驳道，马塞尔·普鲁斯特的小说全是八卦，亨利·詹姆斯也一样。

杜尚靠了过来，饮着清凉的香蒂酒，他告诉普拉多斯，故事是为了让人重复的，当它无法流传，也就没人讲了，而之所以无法流传，是因为人听到它们的同时也停止了捏造。这时路易斯·塞尔努达过来助阵他的项狄同伴，爽朗地笑道："您也清楚，流言兼具临时性，它是链条上的一环，其他的每一环都只能近似地重复；作为纯粹即时性的记述，流言体现了完美复述的不可能性和不断重塑的必然性。"

听完这番话，普拉多斯瞠目结舌，四处求援；大批教授赶到，在加西亚·洛尔迦身边围作一团。有人用相机记录下了这个历史性的时刻，相片中，格拉纳达诗人如嫌犯般被阿尔贝尔蒂和查瓦斯架了起来。

但此时，所有黑人开始歌唱。这是莫大的丑闻，野蛮作为艺术得胜了。对八卦的礼赞又持续了几分钟，四围歌声嘹亮、焰火齐燃。这会儿达玛索·阿隆索才想到，或许真有项狄主义这回事，于是他走向丽塔·马露，问她是否也是便携式密谋的一员。

"怎么可能，"丽塔·马露告诉他，"项狄们都是天使，而我不是。"于是他问起天使的住所。丽塔·马露在《来自摩加迪沙的信》中给出了指示性的回答："你们男人呵，睾丸里装满了天使。"

这句句子将我们准确置于那种潜在能量与精液相关的轨道上——它也是项狄主义的实质。直到克劳利走出文化协会、打开塞维利亚酒店的窗户、伴着戏谑的表情解散便携式结社的那一刻，那种能量也没有消失。它非但没有消失，反倒增强了：这得感谢离散。文学经验并非徒劳，它既是离散的证明，也是对脱离统一的途径。因此我们不应感觉奇怪：秘社解体的瞬间——便携式文学随之消失——也标志着它逼近自我的时刻——它终于开始真正便携了。

项狄描绘其生命的地图

我为认识我的地理而旅行。

——《一个疯子的笔记》,由马塞尔·瑞哈集录于一九零七年在巴黎出版的《疯人的艺术》中

所有项狄共同组成了这张想象中的项狄之脸;从便携式肖像的一笔一画中,诸位能读到酿成这张悲剧脸孔的事件:他假想生命的地图。这张脸——所有项狄的脸——从青年时代就遍布裂痕:它们不断扩大,最后形成虚空——唯一的假面。这是所有便携者假面的总和,将于

塞维利亚的以太之光里被揭下,向它的王——时间——致敬;是后者摧毁了这独特而孤寂的面容:最后一位——终末的——项狄的脸。

大部分肖像中他都低着头,右手抚面。最早的一张追溯到一九二四年,距离他在尼采悟得永恒轮回的巨石上精神崩溃不过数月。宽大的额头,上面是深色的卷发,看着挺年轻的,甚至有些帅气;低垂的眼神——近视者柔软而奇想的目光——像是飘向了画面的左下角。

维也纳集会的相片中,他发际未退,风华正茂时的俊俏却已无迹可寻:脸宽了;上身挺拔也结实了,魁梧了不少;手握起来,拇指塞进手掌,按在嘴巴上;下唇厚而多肉。眼神是不透明的,或更向内了。有书在他脑袋后边。

一张摄于海底的照片里,他站着,陷入了沉思。这是"动物园站",他已成老人,白衫领带,裤腰上挂着表链:一个仓皇望着镜头的邋遢鬼。

最后，在塞维利亚一个房间的澄光里，他用左手翻动着桌上一本打开的书的最后几页，望着的却似乎是照片的左下角；令人惊讶的是，他比三年前年轻多了，仿佛已达成他的目的，成了个精通虚构地图的读者，可以随波逐流地畅游其中，他的目光流连于书本的结尾，像是在那儿找到了生命的地图：一座迷宫，与每位密谋者的相遇都会在便携者无形之城的街丛中开出一个入口：在这儿，迷途也需要练习，因为在想象的街道流浪揭示了现代城市史的实质，并且将我们引向那座独一无二的楼房——最后项狄居所的大门。

这是个拥抱生命且在其间绘制地图的人。这是个于秘社在波塔提夫初创之时便自觉凄楚、将孤独视作唯一恰当的人生状态的人：巨城中的孤寂，无目的的漫步，白日梦的自由。他自认悲戚，因他出生时恰逢土星相位——运行最慢的行星，冷漠迟缓。由土星守护的他是极佳的流浪者，游荡在奥德拉代克的迷宫，沃尔塔瓦的冰层在此慢慢碎裂。

慢是哀伤之人的习气,他在躺椅上度过了的里雅斯特的日子,其迟缓也体现在解读宇宙的方式上。他悲,恰因其着迷死亡;他是最懂得阅读世界的人,尽管在潜艇中亲眼见到死亡让他觉得,是世界屈服于悲者的探查。

而在塞维利亚,他想到,事物越无生命,思考它们的头脑就越智慧越强大:面对迫在眉睫的灾难无动于衷,是天赐之物唤醒的热忱重新点燃了他的悲者之火。他又成了书与激情的收藏家,因为他知道,猎取书本和猎取性爱一样,滋养着快乐的地理——闲游世间的又一个理由;除初版与带巴洛克纹饰的书籍以外,他还收集小物:明信片、三角旗、铅兵……对迷你的热衷也夹杂着对精炼的文学表达的喜爱。他的书房里散布的小书能勾起对城市的回忆:在那些城市,他学着认识自己——波塔提夫、巴黎、巴勒莫、纽约、维也纳、阿雅克肖、布拉格、的里雅斯特、塞维利亚……

布拉格,地图上有它。在那座城市,项狄学会以房间为轴进行旅行。他坐在书桌前,面对空白的纸页,迎接来访的奥德拉代克;他俯身纸上,奋笔疾书,却见肩头站着个更加阴森卑下的生物:奥德拉代克在袭击他的灵魂,扭拧它,以其独有的方式让它焕发活力。起初项狄试图逃避,佯装无人造访,但他很快发现,这种晦暗顽劣的人身攻击具有无可匹敌的犀利与独创性,于是他投降了,心里明白,他会与它一同消失在混沌中,那将是便携式文学最终诞生的地方。

巴勒莫,地图上有它。在那座城市,项狄的生活是死亡之画。他不会再去那儿,而会派人前往——一位自杀使者将把西西里酒店变成往日记忆的禁地。

而巴黎则是便携者育成期的地下之光。塞纳河上的银桥连结起芜杂的人行道,经历学习的时日便能抵达群星——再次触地便是塞维利亚的蛮横离别,全无感伤。

塞维利亚,不在地图上。在这片南方河谷,最后的项狄——乖戾的土星英雄——带着他的废墟、微物、挑衅的眼神、冷峻的阴沉,意识到:他的紧张与他对悲戚涸泽而渔式的求取已划定他对文学与生命的阐释的长度。于是他决定结束那本书,好让它在自毁之前适时中止。他知道,历史的真容一掠而过,过去只能作为画面留存,好比荒蛮的雷划出耀眼的闪电,却只显现在我们见到它的那一瞬间。

我们能阅读过往,正因过往也已消亡。最后的项狄明白,我们能理解历史,正因我们拜物。我们能走进书本,正因它是个宇宙。对最后的项狄——一个将书本视作另一个散步场所的人——而言,当别人望向他时,他最真实的冲动就是:垂下目光,看向某个角落,埋头笔记,抑或更理想地,躲在由他的书本筑成的那道便携式墙体后。

重要书目

曼·雷,《与丽塔·马露一起旅行》,纽约,雷纳尔-希区柯克出版公司,1947

维尔纳·利特巴尔斯基与瓦莱里·拉尔博,《光棍的枪声》,维也纳,科什尼出版社,1930(西语版,布宜诺斯艾利斯,南方出版社,1961)

特里斯唐·查拉,《简略式文学便携史》,收录于《七篇达达宣言——现实主义者的间谍与一段秘史》中,巴黎,J.-J. 帕维尔出版社,1963

雅克·瑞冈特,《自杀总代理处》,巴黎,

荒原出版社，1967（西语版，巴塞罗那，阿纳格拉玛出版社，1974）

安东尼·泰丰①，《错乱礼赞》，豪尔赫·路易斯·博尔赫斯与玛利亚·儿玉作序，弗吉尼亚·克里姆特批注并作跋，新奥尔良，克里姆特出版社，1983

阿莱斯特·克劳利，《布加勒斯蒂》，波尔图，1948

劳伦斯·斯特恩，《项狄传》，马德里，阿尔法瓜拉出版社，1978

路易·费迪南·塞利纳，《便携式阴谋之本名》，手稿消失于布拉格。

维森特·乌伊多布罗，《建立的破坏》（欧洲日报），布宜诺斯艾利斯，南美出版社，1962

保罗·克利，《日记》，科隆，M.杜蒙·肖恩博格出版社，1957

---

① 原文为 ANT（H）ONY TYP（H）ON。

弗朗西斯·毕卡比亚，《寡妇与军人》，尚未出版，预计由科蒂书店出版社出版（巴黎，美第奇路11号）

布莱斯·桑德拉尔，《黑人选集》，巴黎，布歇-夏斯特尔出版社，1980

米里亚姆·桑德拉尔，《未揭之秘》，巴黎，伽利马出版社，1969

赫尔曼·克隆伯格，《日记》，阿莱斯特·克劳利负责出版，维也纳，科什尼出版社，1929

乔治亚·欧姬芙，《画》，回忆录由美国普林斯顿大学出版社出版，1951

莫里斯·布朗肖，《失足》，巴黎，伽利马出版社，1943（西语版，巴伦西亚，普里泰克斯托出版社，1977）

西尔维娅·比奇，《莎士比亚书店》，内布拉斯加大学，哈考特-布雷斯-约万诺维奇出版公司，1991（西语版，巴塞罗那，杜尔出版社，

1984)

斯基普·康奈尔,《悲观主义》,纽约,因多兰出版社,1958

丽塔·马露,《来自摩加迪沙的信》,哈瓦那,银马刺出版社,1969

瓦尔特·德·拉·梅尔,《杰出项狄的传记体回忆录》,英国,米德塞克斯,企鹅出版公司,1955

人名录（按姓氏拼音首字母排序）

A

阿波利奈尔（Guillaume Apollinaire，1880—1918），法国诗人、剧作家，超现实主义文艺运动的先驱之一。代表作有诗集《醇酒集》（1913）、剧本《蒂蕾西亚的乳房》（1916）。

阿尔贝尔蒂（Rafael Alberti，1902—1999），西班牙"二七一代"诗人。被认为是西班牙文学白银时代最伟大的人物之一。

阿尔普（Hans Arp，1886—1966），达达派雕塑家、诗人。

安托南·阿尔托（Antonin Artaud，1896—

1948),法国演员、诗人、戏剧理论家。倡导"残酷戏剧",对热内、尤奈斯库等人的荒诞派戏剧有重大影响。

达玛索·阿隆索(Dámaso Alonso,1898—1990),西班牙"二七一代"诗人、哲学家。曾任西班牙皇家学院院长。塞万提斯奖获得者。

沃尔特·阿伦斯伯格(Walter Arensberg,1878—1954),美国艺术品收藏家、评论家、诗人。

杰曼·埃费琳(Germaine Everling),生卒年不详。弗朗西斯·毕卡比亚重要的女性伴侣。

T.S. 艾略特(T.S. Eliot,1888—1965),诗人、剧作家和文学批评家。代表作有《荒原》(1922)、《空心人》(1925)、《四个四重奏》(1943),一九四八年获得诺贝尔文学奖。

乔治·安太尔(George Antheil,1900—1959),德裔美国先锋作曲家。

卡拉·奥兰格(Carla Orengo)作者杜撰的

人物。

B

塞萨尔·巴列霍(César Vallejo, 1892—1938),秘鲁现代诗人、作家。著有诗集《黑色使者》(1918)、《特里尔塞》(1922)。是拉丁美洲最有影响的诗人之一。

巴托比(Bartlebe)梅尔维尔小说中的人物。比拉-马塔斯曾创作《巴托比症候群》。

柏拉斯夫人(Pernath)作者杜撰的人物。

何塞·波尔加明(José Bergamín, 1895—1983),西班牙作家、散文家、诗人和剧作家。

约瑟芬·贝克(Josephine Baker, 1906—1975),美国黑人舞蹈家、歌唱家,以其性感大胆的舞蹈和柔美歌声红遍法国。

瓦尔特·本雅明(Walter Benjamin, 1892—1940),德国作家、哲学家。著有《单向街》(1928)、《机器复制时代的艺术作品》(1936)。

西尔维娅·比奇(Sylvia Beach, 1887—1962),出版人。美国出生,活跃在法国。出版了乔伊斯的《尤利西斯》。

弗朗西斯·毕卡比亚(Francis Picabia, 1879—1953),先锋诗人、画家。

安德烈·别雷(Andrei Bely, 1880—1934),诗人、小说家。代表作品有长诗《交响曲》(1902)、长篇小说《银鸽》(1910)、《彼得堡》(1916)。

莫里斯·布朗肖(Maurice Blanchot, 1907—2003),法国作家、批评家。

安德烈·布勒东(André Breton, 1896—1966),法国诗人、超现实主义先驱。

赫尔曼·布洛赫(Hermann Broch, 1886—1951),奥地利小说家,著有《梦游者》、《维吉尔之死》(1945)。

波德莱尔(Charles Baudelaire, 1821—1867),法国诗人,象征派诗歌先驱,著有《恶之花》

(1857)、《巴黎的忧郁》(1869)。

博尔赫斯（Jorge Luis Borges，1899—1986），阿根廷诗人、小说家、散文家、翻译家。

加布里埃尔·博卡安赫尔（Gabriel Bocángel，1603—1658），西班牙黄金时代著名诗人、剧作家。

贝尔塔·博卡多（Berra Bocado）作者杜撰的人物。

C

特里斯唐·查拉（Tristan Tzara，1896—1963），法国诗人、达达派创始人。

查瓦斯（Juan Chabás，1910—1954），西班牙诗人。

D

萨尔瓦多·达利（Salvador Dalí，1904—1989），西班牙加泰罗尼亚画家，以其超现实主义作品而闻名。

沃尔特·德·拉·梅尔（Walter De La Mare, 1873—1956），英国诗人、小说家。

克莱奥·德·梅洛德（Cléo de Mérode, 1875—1966），巴黎出生的芭蕾舞者。

艾尔莎·蒂拉纳（Elsa Tirana），书中称这是克莱奥·德·梅洛德的笔名，但没有证据证明这是事实。

马塞尔·杜尚（Marcel Duchamp, 1887—1968），法国画家、雕塑家。

勒内·多马尔（René Daumal, 1908—1944），法国作家、诗人。

E

马克斯·恩斯特（Max Ernst, 1891—1976），德裔法国画家、雕塑家，被誉为"超现实主义的达·芬奇"。

F

司各特·菲茨杰拉德（Scott Fitzgerald, 1896—1940），美国小说家，著有《了不起的盖茨比》（1925）、《夜色温柔》（1934）。

海因里希·冯·克莱斯特（Heinrich von Kleist, 1777—1811），德国诗人、戏剧家、小说家，著有《〇侯爵夫人》（1808）、《马贩子科尔哈斯》（1810）。

埃立克·冯·斯特劳亨（Erich Von Stroheim, 1885—1957），美国无声电影时期演员、导演。

G

盖茨比（Gatzby），菲茨杰拉德的小说《了不起的盖茨比》中的主人公。

歌德（Johann Wolfgang von Geothe, 1749—1832），德国思想家、作家、科学家，著有《少年维特之烦恼》（1774）、《浮士德》（1831）。

亚瑟·戈登·皮姆（Arthur Gordon Pym），

爱伦·坡的小说《亚瑟·戈登·皮姆的故事》中的主人公。

戈蒂耶-布尔泽斯卡（Henri Gaudier-Brzeska，1891—1915），法国艺术家、雕塑家。

胡安·格里斯（Juan Gris，1887—1927），西班牙立体派画家、雕塑家。

贡布罗维奇（Witold Gombrowicz，1904—1969），波兰小说家、剧作家和散文家，著有《费尔迪杜凯》（1937）、《横渡大西洋》（1953）。

贡戈拉（Luis de Góngora，1561—1627），西班牙古典文学黄金时期的巴洛克诗人。

J

费德里科·加西亚·洛尔迦（Federico García Lorca，1898—1936），西班牙"二七一代"诗人。

贾科梅蒂（Alberto Giacometti，1901—1966），瑞士雕塑大师、画家。

K

卡夫卡（Franz Kafka，1883—1924），生活于奥匈帝国统治下的捷克小说家，著有小说《审判》《城堡》《变形记》。

威廉·卡洛斯·威廉斯（William Carlos Williams，1883—1963），美国诗人，小说家，著有《酸葡萄》(1921)、《裴特森》(1946—1958)。

斯基普·康奈尔（Skip Canell），作者杜撰的人物。

西里尔·康诺利（Cyril Connolly，1903—1974），英国批评家、文学评论家。

科克托（Jean Cocteau，1889—1963），法国先锋派作家、艺术家。

柯莱特（Sidonie-Gabrielle Colette，1873—1954），法国作家，著有《谢莉》《流浪女伶》《姬姬》。

阿莱斯特·克劳利(Aleister Crowley, 1875—1947),英国秘法师、神秘学者,著有《律法之书》。

保罗·克利(Paul Klee,1879—1940),德国画家。

卡尔·克劳斯(Karl Kraus,1874—1936),奥地利讽刺作家、诗人、剧作家,创办了《火炬》杂志。

赫尔曼·克隆伯格(Hermann Kromberg),作者杜撰的人物。

克洛岱尔(Paul Claudel,1868—1955),法国诗人、剧作家和外交官。

L

瓦莱里·拉尔博(Valery Larbaud,1881—1957),法国小说家、批评家。

拉康(Jacques Lacan,1901—1981),法国作家、学者、精神分析学家。

兰波（Arthur Rimbaud，1854—1891），法国诗人，著有《地狱一季》(1873)、《彩画集》(1874)。

勒尔古阿什（Lelgoualch），雷蒙·鲁塞尔《非洲印象》中的人物。

曼·雷（Man Ray，1890—1976），美国艺术家，活跃在巴黎。

维尔纳·利特巴尔斯基（Werner Litbarski），作者杜撰的人物。

雷蒙·鲁塞尔（Raymond Roussel，1877—1933），法国作家，著有《非洲印象》(1910)。

罗丝·瑟拉薇（Rose Sélavy），1920年，杜尚让朋友雷·曼给他拍了一张穿女装的照片，并给自己取了一个女人名字，就是罗丝·瑟拉薇。

M

马里内蒂（Filippo Tommaso Marinetti，1876—

1944),意大利诗人、文艺批评家,1909年在法国《费加罗报》发表了《未来主义宣言》。

丽塔·马露(Rita Malú),作者杜撰的人物。

托马斯·曼(Thomas Mann,1875—1955),德国小说家、散文家,著有《布登勃洛克一家》(1901)、《魔山》(1924),1929年获得诺贝尔文学奖。

奥西普·曼德尔施塔姆(Osip Mandelshtam,1891—1938),俄罗斯白银时代著名诗人、散文家、诗歌理论家,著有诗集《石头》(1913)、《悲伤》(1922)。

古斯塔夫·梅林克(Gustav Meyrink,1868—1932),奥地利作家。

亨利·米肖(Henri Michaux,1899—1984),比利时诗人、画家。

保罗·莫朗(Paul Morand,1888—1976),法国外交官、小说家。

玛丽安·穆尔（Marianne Moore，1887—1972），美国诗人、翻译家，主要诗作有《诗集》（1921年）、《观察》（1924）、《然而》（1944）。

N

奈兹瓦尔（Vítězslav Nezval，1900—1958），捷克先锋作家、诗人。

尼采（Friedrich Nietzsche，1844—1900），德国哲学家，主要著作有《权力意志》《悲剧的诞生》《查拉图斯特拉如是说》。

波拉·尼格丽（Pola Negri，1897—1987），生于波兰，活跃在无声电影时代的女演员。

O

乔治亚·欧姬芙（Georgia O'Keeffe，1887—1986），美国画家、雕塑家，被誉为"美国现代主义之母"。

P

埃兹拉·庞德（Ezra Pound，1885—1972），美国诗人、文学评论家，意象派诗歌运动的代表人物。

佩索阿（Fernando Pessoa，1888—1935），葡萄牙诗人、作家，代表作有《使命》《惶然录》《守羊人》。

埃米利奥·普拉多斯（Emilio Prados，1899—1962），西班牙"二七一代"诗人。

马塞尔·普鲁斯特（Marcel Proust，1871—1922），法国作家，代表作《追忆逝水年华》。

Q

乔伊斯（James Joyce，1882—1941），爱尔兰作家、诗人，代表作有《青年艺术家的自画像》《尤利西斯》《芬尼根的守灵夜》。

R

雅克·瑞冈特（Jacques Rigaut，1898—

1929），法国诗人，达达主义者。

S

埃里克·萨蒂（Erik Satie，1866—1925），法国作曲家。

萨维尼奥（Alberto Savinio，1891—1952），意大利作家、画家、音乐家。

戈麦斯·德拉塞尔纳（Ramón Gómez de la Serna，1888—1963），西班牙作家，剧作家。

路易斯·塞尔努达（Luis Cernuda，1902—1963），西班牙"二七一代"诗人。

路易·费迪南·塞利纳（Louis-Ferdinand Céline，1894—1961），法国小说家、医生，代表作《长夜行》（1932）。

布莱斯·桑德拉尔（Blaise Cendrars，1887—1961），瑞士出生的法语诗人、小说家、随笔作家。

费伦茨·绍洛伊（Szalay Ferenc），作者杜

撰的人物。

施维特斯（Kurt Schwitters，1887—1948），德国画家、雕刻家、作家。

叔本华（Arthur Schopenhauer，1788—1860），德国哲学家，代表作有《作为意志和表象的世界》。

布鲁诺·舒尔茨（Bruno Schulz，1892—1942），波兰犹太作家、画家，出版过短篇小说集《鳄鱼街》。

劳伦斯·斯特恩（Laurence Sterne，1713—1768），英国作家、牧师，著有小说巨著《项狄传》。

伊塔洛·斯维沃（Italo Svevo，1861—1928），意大利商人、小说家，成名作《泽诺的意识》（1923）。

雅各布·苏雷达（Jacobo Sureda，1901—1935），西班牙画家、诗人。

T

安东尼·泰丰（Anthony Typhon），作者

杜撰的人物。

泰格（Karel Teige，1900—1951），捷克先锋艺术家、批评家。

W

罗伯特·瓦尔泽（Robert Walser，1878—1956），瑞士德语作家，主要作品有《唐娜兄妹》和《仆人》等。

瓦格纳（Richard Wagner，1813—1883），德国作曲家，代表作有《尼伯龙根的指环》。

保罗·瓦莱里（Paul Valéry，1871—1945），法国诗人、文艺评论家。

埃德加·瓦雷兹（Edgar Varèse，1883—1965），法裔美国作曲家，被尊为"电子音乐之父"。

赫伯特·乔治·威尔斯（H. G. Wells，1866—1946），英国小说家、批评家，费边社成员，以科幻小说创作闻名于世，如《时间机器》和《隐身人》。

维米尔（Johannes Vermeer，1632—1675），荷兰画家，代表作有《戴珍珠耳环的少女》和《花边女工》。

维特（Werther），歌德《少年维特的烦恼》主人公。

维西利奥（Virgilio），作者杜撰的人物。

温赛特女爵（Condesa de Vansept），作者杜撰的人物。

维森特·乌伊多布罗（Vicente Huidobro，1893—1948），智利诗人。

X

海梅·希尔·德·别德马（Jaime Gil de Biedma，1929—1990），西班牙诗人、散文家。

夏多布里昂（François-René de Chateaubriand，1768—1848），法国作家、外交家、法兰西学院院士。

夏加尔（Marc Chagal，1887—1985），俄国出生、活跃在法国的画家，代表作品有《我和村庄》《生日》《七个手指头的自画像》。

格尔斯霍姆·肖勒姆（Gershom Scholem，1897—1982），德裔以色列哲学家、宗教史学者。

Y

罗伯特·约翰逊（Robert Johnson，1911—1938），美国蓝调歌手。

Z

斯蒂凡·泽尼特（Stephan Zenith），作者杜撰的人物。

亨利·詹姆斯（Henry James，1843—1916），美国小说家、文学批评家、剧作家，代表作有《一位女士的画像》《鸽翼》《使节》和《金碗》等。